# Années volées

## Ecritures Arabes

*Collection dirigée par Maguy Albet*

Dernières parutions

N° 233 VLADIMIR, *Le Nain amoureux, etc.*, Nouvelles, 2012.
N° 232 Mina BENMIMOUN, *Miniss*, 2009.
N° 231 Falih Mahdi, *Embrasser les fleurs de l'enfer*, 2008.
N° 230 Bouthaïna AZAMI, *Fiction d'un deuil*, 2008.
N° 229 Mohamed LAZGHAB, *Le Bâton de Moïse*, 2008.
N° 228 Walik RAOUF, *Le prophète muet*, 2008.
N° 227 Yanna DIMANE, *La vallée des braves*, 2008.
N° 226 Dahri HAMDAOUI, *Si mon pays m'était conté*, 2008.
N° 225 Falih MAHDI, *Exode de lumière*, 2007.
N° 224 Antonio ABAD, *Quebdani*, 2007.
N° 223 Raja SAKKA, *La réunion de Famille*, 2007.
N° 222 Thilda HERBILLON-MOUBAYED, *Thami, une femme libanaise*, 2007.
N° 221 Evelyne ACCAD, *Coquelicot du massacre, Poppy from the massacre*, édition bilingue, 2006.
N° 220 Said GUEROUI, *La mort des chiens*, 2006.
N° 219 Salah MOUHOUBI, *L'honnête homme*, 2006.
N° 218 Dounia CHARAF, *Mbark et Juliette, le mystère des colons allemands*, 2006.
N° 217 Michel SAAD, *La Noria ne tourne plus*, 2006.
N° 216 Saïd LAQABI, *Les gens d'ici*, suivi de *Parchemins hébraïques* de Hassan RIAD, 2006
N° 215 Youssef AMGHAR, *Le vieux palmier*, 2006.
N° 214 Mustapha EL HACHEMI, *Mémoires des portes fermées*, 2005.
N° 213 Rachid El HAMRI, *Le néant bleu*, 2005.
N° 212 Ali GUERROUI, *Vers la colline : itinéraires*, 2005.
N° 211 Leila ABOUZEID, *Année de l'éléphant*, 2005.
N° 210 Mohamed BABA, *Bilal*, 2005.
N° 209 Ahmed TALEB, *Le silence des poètes*, 2005.
N° 208 Mamoun LAHBABI, *Les chemins de l'amertume*, 2005.
N° 207 NORA-ADEL, *Le Candidat*, 2005.
N° 206 Ghazali Mahamat Idriss, *Aïda*, 2005.

Anissa Bellefqih

# Années volées

*Roman*

Du même auteur
chez L'Harmattan

*Yasmina et le talisman*, roman, 1999
(Traduit en arabe *Sihrou alkalimate*, Marsam, Maroc, 2003)
*Je ne verrai pas l'automne flamboyant...*, 2003
La lecture des *Aventures d'Arsène Lupin. Du jeu au « je »*, 2010.

NDLA : Toute ressemblance avec des évènements ou des personnes ayant réellement existé serait le fruit du hasard...

© L'Harmattan, 2012
5-7, rue de l'Ecole-Polytechnique, 75005 Paris

http://www.librairieharmattan.com
diffusion.harmattan@wanadoo.fr
harmattan1@wanadoo.fr

ISBN : 978-2-296-99670-0
EAN : 9782296996700

À M. & I.-R.

« M'as-tu déjà dit que j'étais un palmier prégnant ?
L'ai-je seulement imaginé ?
Si tu ne me trouves pas à ton réveil,
N'aie pas peur de la fragilité de l'air… »
     Mahmoud Darwich


« J'ai sur le cœur
L'écume de multiples eaux /…/
Et si mon cœur le veut
Un autre monde en naîtra
Car celui qui sut tant aimer
Soulèverait des montagnes »
     Federico Garcia Lorca

## - 1 -

« Exister c'est oser se jeter dans le monde. »
Simone de Beauvoir

**Décembre 2004**

/.../
— Nous étions deux amis et je l'aimais assez pour lui faire confiance...
Dans le mouvement que fit mon amie Imane pour regarder dans ma direction, sa voiture fit une embardée provoquant un klaxon intempestif du conducteur à sa droite.
— Yasmina ! Heureuse de t'entendre parler de Youssef Sfanji au passé ! Il était temps que tu ouvres les yeux sur celui que tu continues de considérer comme un ami. J'ai travaillé avec lui quand il était directeur général de cette banque où nous allons, mais mon estime pour lui s'est drôlement ébréchée à cause de son comportement avec toi depuis le décès de Younès, paix à son âme.
Imane, experte en communication, m'avait demandé de l'accompagner à l'inauguration du nouveau siège de la BCG, Banque de Crédit et de Gestion, qui avait beaucoup aidé mon défunt mari Younès à faire tourner son entreprise. Elle gara sa voiture au bas d'un immeuble flambant neuf qui s'élevait au début du boulevard d'Anfa à Casablanca. Tout en avançant à grandes enjambées, je levai les yeux sur l'imposante bâtisse. Force était de remarquer que la façade avant-gardiste était une très belle réussite architecturale qui rendait bien l'envergure de ce fleuron des établissements financiers au Maroc. Devant l'harmonie de l'immeuble qu'on regardait, je ne pouvais m'empêcher

d'être admirative, moi qui n'aimais pas le côté rutilant des façades de la plupart des sièges de banque à Casablanca. Je me suis toujours demandé pourquoi on ne laissait pas la flamboyance dans les moindres détails pour l'architecture et la décoration intérieures en préférant un aspect cossu, mais plus discret pour les façades.
— J'aime bien le nouveau nom ! Cela sonne mieux que *"Al Amane Bank"*, me dit mon amie.
*"Dommage que le "C" ne représente pas plutôt l'idée de "Conseil". Cela éviterait bien des problèmes !"* pensai-je en moi-même.
— Personnellement, je préfère l'ancien. Il appelait à la confiance. BCG renvoie trop à la maison-mère de France qui vient de prendre le contrôle de cette banque. On dirait qu'ils veulent éloigner le spectre d'une banque islamique.
— Et que penses-tu de la nouvelle identité visuelle ? Le logo ne diffère pas tellement de l'ancien, non ?
— Un losange en deux couleurs, le haut en noir et le bas en rouge ? Même un carré n'est pas droit chez eux ! Je préfère l'ancien logo avec les mêmes couleurs. Un cercle rouge et noir, symbole de la perfection orientale. Le blanc du filet qui le coupe au milieu est censé être le rai de lumière que croient voir les clients. Mais certains se retrouvent noyés dans les deux autres couleurs. Du sang et des larmes, avec la mort au bout parfois…
Mon amie me rappela à l'ordre.
— Stp, ne me joue pas ton numéro de loup blanc ce soir ! Dans ce milieu, il n'y a pas de place pour les beaux sentiments. Un banquier, c'est d'abord un financier, ensuite un homme de pouvoir et d'ambition et, de ce fait, un homme de compromis, capable de tout pour défendre sa place et les pratiques de ses congénères.
— Quand la vie se limite au faste des lieux et au raffinement dans les choix de vie, à des chiffres et à de l'argent, à des rires et de la parade, à de la vanité et du factice, on

ne peut dilater son cœur étriqué pour comprendre ceux qui luttent pour donner un sens à leur vie.

L'intérieur de la banque était magnifique. Des lignes très épurées faisaient tout le charme de l'ensemble et l'on était frappé par l'harmonie des éléments de la décoration traditionnelle marocaine. Les formes anciennes étaient respectées tout en étant intégrées avec des tons pastel nouveaux. Nous étions arrivées à l'immense espace d'Art de la banque où devait se passer la réception. Un brouhaha nous reçut et je me laissai aller au plaisir de redécouvrir le côté mécène de la banque en survolant du regard sa collection d'œuvres rares, décrite dans la presse comme fabuleuse et regroupant un choix éclectique des principales tendances artistiques au Maroc. L'espace était noir de monde et la soirée me parut somptueuse. L'organisation était d'un raffinement extrême. Toute l'élite du Maroc était là. Je reconnus des cadres de la banque aux côtés des représentants du pouvoir, de la finance, des intellectuels et des artistes.

Je m'attardai avec Imane auprès d'un groupe d'amis devisant devant les panneaux de la nouvelle campagne de communication de cette dernière. Chacun y allait de son interprétation. C'était très laudatif, très édulcoré. Tout était beau dans le meilleur des mondes. Je n'aimai pas l'accroche « Votre argent m'intéresse », mais m'abstins de le dire. La BCG voulait communiquer sur la proximité et l'aide qu'elle offrait à ses clients. Les images ne cadraient pourtant pas avec cet objectif. Je fis part à mon amie de mes impressions. Un décalage flagrant était visible entre les représentants de la banque et les clients. La gestuelle et le texte détonnaient avec l'image. Dans la première, une main au premier plan, soignée et énorme, était décalée par rapport à celle que tendait le client, bien loin et tout petit. Le banquier tournait le dos à ce dernier et son oreille ne pouvait capter ce qu'il disait. La deuxième photo montrait une partie du visage d'une femme cadre avec un zoom sur son oreille. Elle était censée écouter un jeune assis… derrière elle dans la position de quelqu'un qui défend une demande et qu'on assure (d'après l'accroche) d'une écoute de qualité différente de ce qui était proposé ailleurs. Enfin, sur la dernière photo, un jeune homme en gros plan développait ses « espérances » devant une personne attentive, certes, mais qu'on sentait dubitative par le geste et trop loin du client en face d'elle.

Imane me dit entre ses lèvres, avec un sourire figé : « On est là pour se détendre, pas pour critiquer. Fais-moi plaisir en gommant ce trait au milieu de ton front et souris à ce moment précieux. »

Elle avait raison. Cette pause dans ma vie était bénéfique et je devais faire en sorte d'en apprécier chaque moment. Je souris, contente de me retrouver dans cette bulle de légèreté et d'insouciance. Je m'éloignai et ne fus pas seule un instant. J'évoluai avec bonheur dans cette foule bruissante parmi les journalistes, artistes et écrivains de tous bords. J'accordai à ceux que je connaissais quelques moments d'échange et de rire, d'écoute et de connivence et goûtai les blagues autant que les rares sujets de l'heure qui étaient parfois effleurés. J'eus un plaisir tout particulier à parler avec un jeune journaliste, Houssam, qu'on me présenta comme le directeur d'un journal à fort tirage.

Pour la première fois, je sentais que j'avais retrouvé mon identité pleine et entière. Aucune ombre ne m'accompagnait, ni *"hanine"* ou nostalgie d'aucune sorte. Je regrettai simplement que ma fille Ghizlaine n'ait pas pu se libérer. Son engagement dans une association regroupant des médecins ORL, qui offraient d'aider bénévolement les malentendants, l'avait amenée depuis la veille dans la région de Tétouan. Elle m'avait dit qu'elle rentrerait tard le soir.

Je fus surtout très heureuse de retrouver des amis que j'avais perdus de vue. Je compris en parlant aux uns et aux autres qu'ils étaient toujours aussi ancrés dans mon cœur même si la vie nous avait séparés. On évoqua les moments phares de chacun ; les événements heureux de la vie des enfants, les voyages, tous ces moments sucrés de la vie qui nous aident à garder le sourire.

Pendant ma déambulation, j'eus souvent l'impression d'être suivie du regard. J'aperçus Youssef Sfanji qui paraissait être dans son élément, comme un poisson dans l'eau. Il eut à peine le temps de me saluer, trop sollicité ou désireux de ne pas m'approcher. Je le vis d'abord s'attarder avec les membres, Marocains et Français, de la direction bicéphale qui dirigeait la banque : les deux présidents et les deux vice-présidents, puis il s'éloigna vers un trio de femmes parmi lesquelles je reconnus mon amie Nadia, directrice d'une agence de banque.

Je voulus aller vers l'exposition, mais je fus hélée par cette dernière. Elle me présenta à ses amies. Le nom de l'une d'elles, Samia Meknassi m'interpella, car j'appris que c'était la sœur d'une célèbre avocate. Je participai à leurs échanges et écoutai les inévitables potins dont on se régale en société. Je ris aussi de leurs blagues croustillantes et les étonnai par d'autres tout en nuances, mais aussi lestes.

À un certain moment, il fut question d'une soirée à laquelle elles étaient conviées le samedi suivant chez Samia. Elle était organisée pour les membres d'un célèbre club aux options caritatives connues. Mon amie me demanda d'intégrer ce club. Je ne pus m'empêcher d'être réticente. Elle me vanta, en vain, les avantages d'une telle adhésion. Cela se résumait en une vie mondaine intense avec des personnalités de premier plan. Elle omit complètement de parler de l'axe principal de ces rencontres qui était le bénévolat et des actions importantes d'aide aux plus démunis. Plus elle parlait et plus je me recroquevillais dans ma bulle. Qu'irai-je faire dans cette galère ? Au fond de moi, je ne me sentais pas prête à entrer dans ce monde.

Samia, qui me parut très futée, me fit une proposition que l'enseignante que j'étais ne pouvait, en principe, refuser. Elle se dit amie intime avec la présidente de ce club et elle m'assura qu'elle pouvait lui parler pour que cette dernière me charge du volet culturel. Elle m'expliqua qu'il pouvait y avoir des voyages passionnants à la clef, en Europe et aux États-Unis notamment, et que je pourrais, éventuellement, les représenter sous peu à un congrès international qui se tiendrait en Jordanie. L'intérêt de cette femme pour moi alors que je ne la connaissais pas me mit mal à l'aise. J'avais beau lui reconnaître un charisme certain et apprécier son offre, je cherchais à voir l'hameçon invisible. On m'apprit, par la suite, que les membres de ce club avaient l'obligation de régler à l'amiable leurs différends, loin de la justice.

Imane me happa joyeusement par le bras pour me signifier qu'on devait partir.

— Tu ne devineras jamais ce que j'ai capté par hasard !

— Tu vas me le dire, alors, vas-y !

— Eh bien ! J'étais en train de masser mes pieds que j'ai martyrisés avec ces talons aiguilles quand j'ai entendu la voix nasillarde de Youssef Sfanji que je reconnaîtrais entre toutes dire à quelqu'un « Je suis d'accord avec toi pour cette stratégie afin de la neutraliser. » Un éternuement que je ne pus retenir attira leur attention. Ils ont baissé la tête pour voir qui était là et je vis le visage de Youssef se crisper en me reconnaissant. La tête qu'il a eue !

Pendant tout le trajet vers la maison, on s'amusa à deviner à quel jeu machiavélique ils avaient bien pensé et qui était concerné.

Rentrée chez moi, je me lovai dans un fauteuil pour écouter de la musique en attendant l'arrivée de ma fille Ghizlaine. Je retrouvai le silence, ce nouveau compagnon de vie. Je fermai les yeux et me perdis dans mes pensées.

Je me laissai voguer au milieu de paysages intérieurs que je créais pour calmer le tumulte qui m'envahissait sournoisement malgré mes efforts. Dans des moments pareils, naissait souvent un langage sans voile, des mots pour dire mon désarroi, mes attentes ou les balbutiements du moindre bonheur entr'aperçu. Depuis peu, je m'appliquais à suivre les résolutions de fin décembre que j'avais consignées en note sur mon "bureau" d'ordinateur pour être sûre de ne pas les oublier en attendant que les automatismes s'installent. J'avais appris à prendre soin de moi et à positiver même à propos de mes échecs. Je voyageais, je voyais du monde, je sortais, je recevais, j'arrivais à rire et de bon cœur souvent, car c'est la seule arme que j'aie trouvée pour faire un pied de nez à la vie. J'avais laborieusement réappris à aimer cette dernière. Les blessures s'étaient estompées et la douce lumière de la paix de l'âme s'était rallumée dans mes yeux. Il y a un temps pour chaque chose et pour moi, le temps était venu de changer de cap et de calmer ou éviter les tempêtes quand elles n'amenaient rien de bon. Le désir de vivre était là, réel, puissant, me poussant à agir et à prendre des risques.

Le sommeil m'ayant fuie, je pris le dernier livre que j'étais en train de lire et tentai d'avancer dans la compréhension des idées qu'il exposait. Deux bras autour de mes épaules me firent sentir que je m'étais assoupie et que je n'avais pas entendu ma fille rentrer. De tendres bises me comblèrent de joie. J'étais soulagée de la voir.

— Qu'est-ce que tu lis m'man ? et sans attendre la réponse, elle jeta un coup d'œil sur la couverture du livre que je tenais entre mes mains. « Parler d'amour au bord du gouffre.»

— Tu as fini par acheter ce fameux livre de Cyrulnik !

Ma fille me secouait souvent pour que je choisisse des lectures attractives plus aptes à me sortir du vide affectif dans lequel je me complaisais. Elle prit le livre et lut à voix haute le dernier paragraphe abondamment souligné.

L'intonation de sa voix me montrait ce qui retenait son attention, mais je sentis qu'elle s'empêchait de commenter sa lecture.

— Décidément m'man, cette curiosité pour comprendre la résilience ne te lâche pas. Voyons voir cette autre phrase qui a retenu ton attention : « L'amour a clairement la capacité de ramener ceux qui ont frôlé la mort psychique à la vie. »

Elle resta silencieuse un moment.

— M'man, je serais heureuse de te voir quitter ton mausolée et revenir vers la vie… Bon, d'accord, je retire ce que je viens de dire, même si je n'en pense pas moins…

— Écoute Ghizlaine, laisse-moi avancer à mon rythme.

Elle m'embrassa tendrement et je me contentai de serrer le bras qu'elle maintenait autour de mon cou.

— Je vois que le papillon n'est pas prêt de s'envoler. La vie pourrait être plus soyeuse m'man, tu sais !

Triste ironie du sort : une vraie tornade allait s'abattre sur moi et je n'en avais vu aucun signe avant-coureur…

## - 2 -

« N'attendez pas le jugement dernier -
il a lieu tous les jours. » Albert Camus

Tout a commencé par un beau matin ensoleillé de décembre 2004. Ce vendredi-là, j'avais pris un plaisir extrême à faire durer le petit déjeuner avec ma fille qui avait débarqué à Casablanca depuis peu. Elle sortait d'une séparation douloureuse d'avec son mari après un mariage qui semblait devoir durer, mais son couple ne survécut pas à la disparition tragique de leur fils unique. Après avoir tenté une période de conciliation, elle passa outre mes conseils et me fit part de son désir de revenir dans son pays pour y vivre. Elle était descendue naturellement chez moi, le temps de réorganiser sa vie professionnelle de médecin et de trouver un appartement, car elle tenait à son indépendance.

Ghizlaine sortie, je me retrouvai dans l'atmosphère douillette de mon salon où l'on n'entendait qu'une douce musique de fond. Je m'assis en face d'un puzzle pour terminer de reconstituer laborieusement le tableau de Renoir « Le Bal du Moulin de la Galette ». Je me concentrai pour avancer dans l'agencement de ses mille cinq cents pièces qui me donnait bien du mal malgré le travail méthodique auquel je m'astreignais. J'avais commencé par le pourtour, puis une fois ce cadre établi, j'avais procédé à un tri des pièces par formes et couleurs. J'eus le plaisir de voir le tableau prendre forme et sens. La satisfaction jubilatoire passée, je fixai avec attention la scène reconstituée. La douceur de vivre ambiante et le bonheur qui se dégageait de l'attitude des personnes esquissées firent affleurer des images d'insouciance d'antan qui se superposèrent à cette scène en me laissant songeuse.

Je repensai au rêve qui m'avait réveillée tôt ce matin-là. *"J'étais devant l'escalier de mon ancienne maison. Un feu important s'était déclaré dans une aile en haut et risquait de s'étendre. Je me voyais crier, courir, hurler, enlever des tableaux accrochés sur le mur de l'escalier. J'avais peur de perdre la maison. Au bout d'une demi-heure, je me suis rendu compte que je n'avais pas appelé les pompiers. J'ai cherché un téléphone et n'en ai pas trouvé. Plusieurs personnes de la famille m'entouraient. J'essayai le téléphone de l'une d'elles. Il ne marchait pas. J'ai couru vers la maison d'en face qui se révéla être celle de ma défunte belle-mère. Son téléphone a répondu. Le feu a été éteint sans que je voie les pompiers. J'étais en train de penser aux dégâts quand j'entendis quelqu'un me dire que ce n'était pas grave. Je vis alors que la maison était intacte. Le feu avait pris juste dans la cage d'escalier."*

Je fus tirée de cette évocation par le timbre de la sonnerie de la porte. L'œil-de-bœuf me montra un homme à l'air patibulaire avec des documents à la main. Il se présenta comme un huissier venu me notifier un jugement initié contre mon défunt mari et sa société SCR (Société de Construction de Routes) par la Banque de Crédit et de Gestion qui avait abouti en faveur de cette dernière. Je n'avais jamais été prévenue de cela !

*"Dieu du ciel ! Que me veulent-ils ? Je croyais en avoir fini définitivement avec les problèmes de succession !"*

Je l'entendis me dire qu'il était mandaté par la BCG pour une saisie immobilière. Je le regardai hébétée. Nos amis m'avaient répété si souvent que ma fille Ghizlaine et moi ne risquions rien du fait que l'entreprise de Younès était une société à responsabilité limitée, "SARL", que

j'avais fini par tout laisser en l'état après le décès de mon mari trois ans et demi auparavant. L'homme me révéla que la banque n'attaquait plus ce dernier, mais qu'elle s'était retournée contre nous, ses héritières. Je fis un effort pour me calmer. Ignorante de la loi qui interdit à un huissier de mettre les pieds chez les personnes qu'il doit notifier, je le laissai entrer, trop heureuse de l'éloigner de la curiosité des voisins qui se régalaient des bribes volées à l'intimité des uns et des autres. Il évolua à sa guise dans le salon et finit par lâcher :
— Non, décidément, ces meubles ne réussiront pas à couvrir la créance trop importante laissée par votre mari. La banque avait raison...
— Raison en quoi ?
Il m'informa que la BCG était décidée à vendre aux enchères mon appartement pour régler les créances de la société de mon mari ou tout au moins recouvrer une partie des dettes.
— Une saisie immobilière ! Mais c'est insensé ! Et vendre aux enchères cet appartement ! Mais il n'est pas à moi ! Il n'est pas en mon nom ! Au fait, qui est l'avocat de la banque ?
— Maître Meknassi Khadija...
J'eus l'impression d'être transformée en statue de sable et je me sentis fondre en mille petits grains. Cette femme était connue pour être l'avocate la plus féroce et la plus redoutable du barreau de Casablanca. Le tandem qu'elle formait avec son frère Karim faisait de leur cabinet un des plus recherchés pour les litiges commerciaux. La voix de l'homme ne me parvenait plus.
*"Mon Dieu ! Mon Dieu ! Me Meknassi !..."*
— Mais ils ont le terrain de Marrakech comme caution ! ai-je réussi à articuler.
— Oui, mais ils préfèrent se tourner vers le bien qui se vend le mieux et le plus vite.

— C'est complètement fou ! Il y a une loi qui me protège et je la ferai respecter ! Je refuse de signer !

Tout en parlant, je me rendis compte que je faisais fausse route avec cet homme. Il était en service commandé et il ne fallait pas le heurter. *"Va savoir comment il se vengerait !"* Je changeai imperceptiblement de ton. Je mis en avant la disproportion entre les plateaux du fléau qu'il me présentait. Moi, la "femme seule" et ma fille contre la banque souveraine dans son rôle d'ogre sans âme. Il se dit désolé de mener cette mission, mais il refusa de me montrer le document que j'étais censée devoir signer et il promit de me le remettre lundi. Je n'avais pas su comprendre, me dit-on plus tard, comment l'amener à me le donner. Il voulait de l'argent, mais j'étais tellement bouleversée que l'idée ne m'effleura même pas l'esprit.

— Vous allez me laisser tout un week-end dans l'ignorance de ce qu'il y a dans ce document ? Mais montrez-le-moi ! Laissez-moi juste le temps de contacter un avocat et je le signerai lundi.

— Non, je vous le donnerai lundi matin à 11 h, à côté du tribunal, au centre-ville.

— Cet après-midi alors ?

— Non, lundi. Au revoir madame.

Le regard que je lui jetai le fit s'arrêter sur le pas de la porte :

— Écoutez, ne craignez rien. De toute façon, je vais écrire dans mon rapport que le mobilier que vous avez ne couvre pas les créances de la société de votre mari.

*"Tiens ! Il ne parle plus de la vente de l'appartement ! Pourquoi ? Est-ce une saisie mobilière ou immobilière ?"*

Je restai un moment pétrifiée à regarder la porte fixement, puis je tournai les talons et me dirigeai vers ma chambre comme une somnambule.

*"Les créances ? La société ? Mais on m'a dit que je ne risquais rien ! La banque s'est réveillée ! La banque s'est réveillée ! Et elle a Me Meknassi comme avocate !"*

J'étais consciente d'être un poids plume dans l'implacable machine de guerre judiciaire et bancaire qui s'était mise en branle. Me présenter aux requins de la banque dans l'ignorance totale de mon dossier me désespérait au plus haut point. J'étais sûre que je serais broyée sans pitié.

Je me rappelai que cette avocate était une intime de mon amie Nadia. Je l'appelai, lui fis un récit haché de sanglots convulsifs sur ce que je venais de vivre et lui demandai si elle pouvait m'aider. Je ne savais même pas ce que je voulais demander, mais j'étais terrorisée à l'idée de me savoir toute seule entre les serres de cette avocate.

Elle me répondit qu'elle me verrait le lendemain, car ce jour-là, elle était à Rabat et ne rentrerait que tard dans la soirée. Ma journée fut lugubre. Le lendemain matin, j'allai chez elle pour voir ce qu'elle pouvait faire pour moi. Elle eut du mal à me comprendre au début tellement mon émotion m'étouffait. Elle affirma que cette avocate n'aimait pas beaucoup être approchée de cette manière, mais me promit de faire une tentative auprès d'elle.

« D'accord, mais si je lui parle, tu ne fais intervenir personne d'autre. »

À ce moment-là, on sonna à la porte sans que cela étonne mon amie ni qu'elle ne fasse le geste de se lever pour ouvrir. Je vis entrer Samia Meknassi, la femme qui m'avait été présentée le soir de l'inauguration du siège de la BCG comme étant la sœur de l'avocate dont on parlait. J'avais la tête trop dévissée pour relever ce curieux hasard. Elle venait de terminer son jogging matinal et elle avait pensé faire une halte qu'elle présenta comme habituelle avant de rentrer chez elle. Mon visage devait être boursouflé et mes yeux rougis, mais la femme fit mine de ne rien remarquer. Nadia revint vers moi et je fus obligée de lui répondre devant son amie. Elle me posa de multiples questions et se rendit compte que je ne comprenais rien à ce qui m'arrivait.

À une question très simple à leurs yeux sur le « principal[1] » de la créance de l'entreprise, je les regardai avec des yeux vides. « Ça veut dire quoi "principal" ? »
Ma question avait fusé. Les deux femmes se regardèrent puis la conversation changea rapidement. La nouvelle venue accapara assez vite la discussion par des sujets qui détendirent l'atmosphère. Avant de se quitter, Nadia me promit de me donner une réponse aussi vite qu'elle le pourrait. De son côté, son amie affirma qu'elle avait été touchée en tant que femme par mon récit et qu'elle parlerait elle aussi à sa sœur.

Je vis s'égrener les heures dans un état second. *"Mais qu'est-ce qu'elle fait ? Elle pourrait au moins m'appeler pour me rassurer ! Mon Dieu !"*

Le soir du dimanche, ne pouvant plus supporter cette tension, j'appelai un ami à Marrakech connu pour être proche de tout le staff de direction de la BCG. Cet homme que tout le monde appelait "Abdou" était un notable qui affirmait que Younès était un frère plus qu'un ami. Il m'avait toujours dit de ne pas hésiter à faire appel à lui en cas de besoin. Il fut, comme à l'accoutumée, très affable, amical au possible, ce qui me mit en confiance et me décida à lui parler de mon problème. Il fut catégorique :

— Il faut absolument prendre tout de suite un avocat et tu ne peux trouver mieux que mon cousin Driss Tihami que tu connais bien.

Je me laissai porter par l'autorité de cet homme. Il semblait si amical, si sûr de lui ! Quand je lui rapportai ce que l'huissier avait dit à propos de la vente de l'appartement de Casablanca, il me répondit :

— C'est vrai et… c'est normal dans un certain sens. Ton appartement de Casablanca se vendra plus facilement et la loi leur donne cette possibilité de choisir… Au fait,

---

[1] Principal d'une créance: Somme due au jour de l'échéance de la créance.

sais-tu que la vente aux enchères de ton terrain de Marrakech est prévue dans un mois ?
Je manquai me sentir mal.
— Quoi ? Mais... mais... je ne suis pas prévenue ! Vendre Marrakech dans mon dos ? Comment est-ce possible ! L'huissier ne m'en a rien dit ! Il m'a parlé d'une saisie mobilière et de la vente de l'appartement de Casablanca ! À quoi jouent-ils ? Comment ont-ils pu faire ça ? Pourquoi ne m'ont-ils pas prévenue ? Ils connaissent mon adresse !
— Écoute, je vais me renseigner auprès de mes amis de la banque, mais, en parallèle, je vais appeler Driss. Va le voir demain à la première heure. Il est très matinal. Il est rompu au droit commercial et il a une longue pratique dans ce domaine. Il est connu pour être excellent. Dis-lui bien que tu viens de ma part. Je vais t'envoyer par "SMS" ses numéros de téléphone. Je vais faire mieux ; je l'appelle pour t'obtenir un rendez-vous très rapidement et je te rappelle.

Je n'eus pas à attendre bien longtemps. Il avait pu obtenir que je voie l'avocat le surlendemain mardi. « Allez, bon courage et tiens bon ! » me dit-il en guise d'au revoir.

*"Tenir bon ! Mon Dieu !"* J'étais tétanisée depuis que l'huissier m'avait donné le nom de l'avocate qui défendait la banque.

Le lundi matin, je pus enfin lire le jugement contre l'entreprise de Younès que l'huissier avait fini par me remettre. J'allai directement à la conclusion tant le corps du document me parut alambiqué. La créance de la SCR était double ; une partie assumée par le gérant, le défunt Younès et une autre représentée par les cautions bancaires[2].

---

[2] Caution bancaire : Garantie donnée par la banque pour assurer le parfait achèvement par une entreprise des travaux ayant fait l'objet d'un marché public. Elle est restituée au titulaire après la réception définitive des travaux. La banque était tenue de payer la somme de la caution qu'elle avait donnée dans le cas où l'entreprise ne remplissait

"*Cautions bancaires ?*" Le mot glissa sur moi à ce moment-là, tant j'étais focalisée sur les montants. Je me promis d'en chercher le sens plus tard.
— Je ne comprends pas ! Ça n'a rien à voir avec ce que vous m'avez dit vendredi ! Et d'abord, ça ne me concerne pas ! Je ne signe ni pour moi, ni pour ma fille !
L'homme biaisa. Il se mit dans la peau de quelqu'un qui voulait me conseiller. Je n'avais pas oublié de le remercier comme on m'avait dit de le faire, ce qui l'avait rendu plus loquace.
— Avec votre fille, vous êtes les héritières et c'est à ce titre que la banque s'est retournée contre vous. Mais je vais vous dire, ne vous laissez pas impressionner par la stature de la banque, ni par son avocate. Regardez bien ! Après les attendus, le jugement est clair : votre mari n'est condamné qu'au tiers de la créance globale, à hauteur de la caution qu'il avait donnée pour garantir un crédit. Le reste de la créance est imputé à la société.
Il répéta cela plusieurs fois, car il vit que j'avais de la peine à le suivre.
"*La belle affaire ! Et d'où vais-je sortir ce montant ? Qu'est-ce que je risque vraiment ? Et ma fille dans tout cela ?*"

---

pas les conditions de la soumission (dans le cas présent : abandon des marchés à cause du décès de Younès Benhamou, gérant de la SCR).

- 3 -

« Le danger, ce n'est pas ce qu'on ignore, c'est ce que l'on tient pour certain et qui ne l'est pas. » Mark Twain

J'appelai à son bureau mon meilleur ami, Amine, qui habitait à Rabat. Lui et sa femme Elke avaient partagé avec nous tous les faits marquants de notre vie. Je lui racontai rapidement les derniers événements et il me demanda de passer le soir même dîner chez eux avec ma fille Ghizlaine. Il me dit qu'il allait se renseigner entre-temps auprès de leur avocat-conseil pour me donner des réponses qu'il espérait rassurantes.

Le soir, après une discussion à bâtons rompus au début, il sortit enfin une feuille pour parler du sujet qui nous réunissait. Elle était noire recto verso. Une sourde angoisse me saisit. *"Mon Dieu ! Que va-t-il m'annoncer ?"*

Il commença par poser des questions sur l'entreprise SCR auxquelles je ne pus répondre (dossiers de crédit, montant des créances, vente du matériel, etc.). Puis, il en arriva à me décrire les risques encourus et les démarches judiciaires auxquelles j'aurais à faire face ou que je devrais initier. Je l'écoutais, le cœur glacé.

Il termina par un conseil. On devrait privilégier un accord à l'amiable avec la BCG. Notre avocat devait donc écrire au responsable du contentieux de cette banque pour que soit suspendue toute procédure en cours puisqu'un règlement transactionnel était envisagé. Le dernier point sur lequel il mit l'accent concernait le montant des intérêts, normaux et de retard. Il m'expliqua qu'une expertise comptable était indispensable puisque nous serions amenées à contester les sommes réclamées par la banque. Il laissa pour la fin le risque majeur qu'il fallait envisager, à savoir une contrainte par corps[3] en cas d'accord infructueux ou de reprise des hostilités.

— Une contrainte par corps ? Ça veut dire quoi, une contrainte par corps ? dis-je paniquée, ayant peur de comprendre.

— Eh bien... une contrainte par corps, c'est... une contrainte par corps !

Je ne réagis pas. Je refusai de laisser ces mots m'atteindre. Amine voulut continuer. Sa femme l'arrêta d'un geste en proposant de passer à table. Je répondis.

— Laisse-le terminer. Autant que tout soit dit.

Puis, me tournant vers mon ami :

— Continue ! De toute façon, *"ma naydach, ma naydach"* !

Il me regarda avec un sourire triste, puis explosa de rire. Moi-même, je me surpris à avoir, avec ma fille, un rire inextinguible. Elke, interloquée de voir ce fou rire dans un moment aussi dramatique, demanda à son mari le sens de la phrase que j'avais prononcée. Il lui expliqua l'histoire de *Joha* qui avait été prié par un voisin de l'aider à déménager. L'homme se mit à lui mettre sur le dos ses affaires et à entasser tout ce qu'il pouvait sans que Joha bronche. Quand ce dernier crut que c'était fini, l'homme lui dit : « Attends, ne te lève pas encore, il y a la meule à ajouter » ; et Joha de lui répondre : « Tu peux ajouter ce que tu veux. De toute façon, je ne me lèverai pas... » En comprenant la portée de ma réponse, Elke fondit en larmes.

---

[3] Contrainte par corps : Mesure d'exécution légale qui consiste à appréhender un débiteur afin qu'il s'acquitte de sa dette.

Avant de se lever, Amine insista sur l'urgence du moment, à savoir que notre avocat devait faire appel du jugement contre Younès et son entreprise. La loi était, en effet, très stricte et inflexible sur le délai à respecter à partir du jour de la notification pour initier cette action.

Le dîner qui suivit fut un moment d'amitié très doux où l'on parla de choses légères concernant les amis, la politique, les enfants. Amine et Elke firent mine de ne pas remarquer que je ne mangeais presque rien. Tard dans la nuit, je préférai rentrer avec Ghizlaine à Casablanca. Ils nous accompagnèrent jusqu'à ma voiture. Après avoir démarré, je m'arrêtai et fis marche arrière pour me mettre à leur niveau. Je descendis la vitre et leur dit :

— Finalement, j'ai agi exactement comme "lui", le cœur saignant, mais le sourire aux lèvres…

— Une dernière chose Yasmina. Demande à notre ami Youssef Sfanji d'intervenir auprès de la direction de la BCG. En tant qu'ancien directeur général, il a encore beaucoup d'influence. Il est très lié aussi bien aux dirigeants Français que Marocains même s'il est parti à la retraite depuis peu.

— Tu oublies comment on s'est quittés la dernière fois ?

— Appelle-le quand même. Je vais lui parler demain pour qu'il discute de votre dossier avec la banque. Il ne pourra pas me refuser ce service.

Je souris vaillamment et ne parlai pas de mon scepticisme.

Sur le chemin du retour, j'eus beau essayer d'éloigner des images qui me rappelaient des scènes avec Youssef, je n'y réussis pas. Je revis les situations au cours desquelles j'eus à essuyer les excès de sa colère et à supporter de sa part des éclats qui n'avaient pas lieu d'être. À chaque fois, cela relevait d'une susceptibilité effrayante et infondée

alors que rien dans ma pensée ou mes paroles ne lui permettait d'extrapoler.
Je m'attardai sur celle qui restera tatouée dans ma mémoire. Une fois, alors que je voulais prendre l'autoroute à partir de Tit Mellil, j'ai raté la bonne bretelle et me suis retrouvée complètement paumée, sur une route que je n'avais jamais empruntée auparavant, au milieu de la nuit noire, sans aucun repère. Il m'avait appelée à ce moment de désarroi total. Dans la discussion, il en vint à me dire qu'il ne comprenait pas notre laisser-aller dans le traitement de la succession de Younès. Je lui rappelai que si on n'avait rien fait, Ghizlaine et moi-même, depuis le décès, ce n'était pas de la négligence, mais parce que plusieurs amis et même notre avocat nous avaient affirmé qu'on ne risquait rien étant donné que la SCR était une "SARL". J'ai ajouté que même lui nous l'avait dit. J'en avais du reste un souvenir précis. Que n'avais-je dit là ! Il explosa pour nier vigoureusement.
Le cumul de plusieurs choses me fit éclater en larmes. Je me suis retrouvée en train de présenter des excuses ! À aucun moment, il n'a tenu compte de ce que je lui avais dit, à savoir que j'étais perdue en pleine campagne, au milieu de la nuit et il ne pensa même pas que j'aurais pu avoir un accident. Le soir même, je lui envoyai un mail pour lui dire ma colère et lui affirmer que je ne voulais plus jamais me retrouver dans la situation d'accepter qu'un homme hurle après moi. À mon âge, c'était insensé ! J'ai exigé qu'il me laisse la liberté de penser et de dire ce que je voulais ; libre à lui de me reprendre, mais dans le calme et avec l'amitié bienveillante qui devait prévaloir dans notre relation.

Avec cet homme, j'avais compris le sens de la violence faite aux femmes. Au lieu de rendre les coups, je me retrouvais mentalement en position de faire un geste défensif pour me protéger. Je ne reçus jamais de réponse à mon mail, mais je m'en doutais un peu. L'essentiel était que j'avais dit, avec les mots voulus, ce que je ressentais. Curieusement, je ne réussis jamais à lui en vouloir vraiment. Il formait avec Amine et deux autres amis le pré carré de mon mari. Une amitié vraie, solide s'était tissée et consolidée entre eux au fil des ans et j'éprouvais une vraie gratitude pour le réconfort et l'aide constante qu'il lui avait apportés pour gérer les difficultés de financement de ses projets ou ses fins de mois quand l'État tardait à payer. J'avais toujours eu confiance en lui. Je ne me suis donc jamais permis de douter de sa bonne foi ou de sa bonne volonté à notre égard.

Après le décès de Younès pourtant, une sourde tension s'installa entre nous deux. J'avais remarqué sa propension à se laisser aller à être violent dès que j'abordais le moindre sujet concernant l'entreprise SCR. Au vu des difficultés qui vinrent à être connues, cet écorché vif avait peut-être peur d'être taxé de négligence et il devint d'une susceptibilité à fleur de peau à chaque fois que je m'adressais à lui.

« Si un jour tu as besoin de moi, je veux bien t'aider, mais si jamais j'entends quoi que ce soit, je serai féroce », m'avait-il dit un jour. Je ne comprenais pas le sens de cette phrase et me gardai bien d'en demander le sens.

- 4 -

« Avant d'être perdant, encore faut-il se
considérer comme perdant. » F. Nietzsche

L'entrevue avec notre premier avocat, Me Tihami, obtenue grâce à l'ami Abdou, fut cordiale. Je ne l'avais pas vu depuis plus de vingt ans. Je l'avais connu à ses débuts et fus heureuse pour lui de voir l'appartement cossu qui lui servait de bureaux. La décoration était imposante : des boiseries en bois noble, des tapis, des tableaux, un personnel nombreux...
— Chère amie, de quoi s'agit-il ?
Je lui racontai succinctement les problèmes liés à la succession et lui remis les rares documents que j'avais en ma possession. Il lut méticuleusement le jugement contre l'entreprise de Younès et s'attarda sur des attestations de la conservation foncière de Marrakech faisant état d'une saisie sur le terrain que j'avais dans cette ville. Celle-ci avait été permise parce que j'avais accordé deux cautions hypothécaires pour garantir des crédits de la SCR. Il additionna les montants exigés respectivement de la société et de Younès et se mit à s'agiter sur son siège, puis à fulminer contre mon mari.
— Tu te rends compte, mais tu te rends compte de ce qu'il a fait ? De ce qu'il vous a fait ?
*"Je me rends compte surtout que tu t'attaques à un absent très cher"*, avais-je envie de lui dire.

L'entendre lire attentivement les deux textes faisant état des cautions qui avaient été mises en jeu pour bloquer le terrain me fit relever pour la première fois qu'il était question d'une hypothèque en premier rang[4] et une autre en deuxième rang[5].
*"Hypothèque premier rang ? Deuxième rang ?"*
Je n'avais tout simplement jamais lu ces documents. Je les avais signés à l'endroit où l'on m'avait mis une croix au crayon, les avais légalisés, puis classés. Je découvrais donc pour la première fois l'étendue de ma bêtise. Une réflexion me hante depuis ce jour-là.
*"Si seulement les hommes pouvaient être plus prévoyants et les femmes moins aveugles ou aveuglées par l'amour !*
*Peut-on aimer et être imprévoyant quant au sort de ceux qui restent après nous ?...*
*Un vaste débat que les femmes doivent instaurer même si cela heurtera la sensibilité conservatrice de la majorité des hommes !..."*
J'expliquai à Me Tihami que, tout en étant totalement étrangère au monde de l'entreprise, je m'étais impliquée une première fois quand mon mari avait dû faire face à une grave crise financière. Comme la banque avait exigé une garantie sérieuse pour débloquer un crédit, il avait réussi à me convaincre de signer un document par lequel je donnais en hypothèque le titre de mon terrain. Je pensais que ce serait fini au bout de cinq ans, mais un an avant l'échéance, j'avais accepté de donner à nouveau le même

---

[4] Hypothèque en 1er rang : Le premier qui fait inscrire son hypothèque sur un bien immobilier au Bureau de la conservation des hypothèques a la priorité en cas de vente : il vient « en premier rang ».
[5] Hypothèque en 2e rang : Si le 1er crédit d'une entreprise n'a pas été remboursé, l'hypothèque qui le garantit conservera le 1er rang. Le prêt complémentaire ne sera garanti que par une hypothèque en second rang.

terrain en hypothèque pour acheter un matériel lourd quand son entreprise avait pris des marchés à Ouarzazate.
— Comment as-tu pu signer pour ces sommes ?

Je m'abstins de lui répondre qu'étant donné la relation que j'avais avec Younès, j'avais toujours pensé que si c'était à refaire, je referais la même chose. Une confiance instinctive et viscérale me disait qu'il ne pouvait entamer une action qui se retournerait contre moi ou sa fille. C'était une intime conviction qui n'avait jamais été ébranlée. Une voix me soufflait toujours qu'à supposer que les aléas de la vie professionnelle lui imposent des actions inconsidérées, il trouverait un moyen pour nous mettre à l'abri. Il avait une immense confiance en moi et je ne pouvais que le payer de retour.

Voir l'avocat lire à haute voix les documents que je lui avais remis et tressauter sur place me heurtait au plus haut point. Je ne comprenais pas, du reste, ce qu'il disait. Je savais juste qu'il était en train de démolir devant moi Younès et, en temps normal, j'aurais "flingué" qui que ce soit qui se serait permis cet acte de lèse-mémoire. Mais j'avais besoin de cet homme et je préférai "zapper" cet épisode qui, somme toute, n'était pas à son honneur, lui, l'avocat de renom, habitué pourtant aux situations les plus déconcertantes. J'essayai de me réconforter :

*"Après tout, c'est peut-être par amitié qu'il réagit ainsi. N'empêche !"*

Pendant qu'il parlait, je pensai que la première chose à faire en rentrant chez moi, ce serait de faire une recherche sur internet pour comprendre le sens de ce qui m'échappait.

— Je crois bien chère amie que tu es "foutue" ! l'entendis-je me dire.

*"Merci l'ami pour ta perspicacité et ta compassion !"*

Et il se remit à additionner les chiffres, tous les chiffres qu'il y avait dans les deux documents. Évidemment, le total était astronomique.

— Bon ! Je crois que la seule solution, c'est de trouver un arrangement avec la banque vu le côté définitif du jugement, conclut-il.

Il n'envisagea pas un seul instant de faire appel du jugement puisqu'on venait de nous le notifier. La première action à laquelle il voulait s'atteler, après étude du fond de dossier qu'un avocat de son cabinet devait lui amener du tribunal de commerce, serait de bloquer la vente de Marrakech, puis dans un deuxième temps, d'obtenir un accord à l'amiable. Je ne pouvais que souscrire à ce plan qui m'évitait les tourments d'une action judiciaire.

Le soir de ce jour-là, Nadia me téléphona enfin. Elle avait pris cinq jours pour me répondre que l'avocate de la banque voulait bien me recevoir. Quand elle sut que je ne l'avais pas attendue pour appeler un ami et voir un avocat, elle entra dans une colère qui me laissa pantoise. Je fus même persuadée qu'elle n'était pas seule et qu'elle avait ouvert le haut-parleur de son portable pour faire écouter aux personnes présentes avec elles ce que je lui disais. Je savais que c'était sa spécialité d'ouvrir son téléphone pour piéger quelqu'un.

Abdou m'appela de son côté fin décembre pour me dire que parmi les rencontres de fin d'année à Marrakech, il avait trouvé un ami qui était disposé à acheter mon terrain, mais comme ce dernier avait senti que j'étais pressée, il proposait un prix moindre que le prix du marché. Les jours passèrent et il n'y eut aucun autre appel malgré l'accord de principe que j'avais donné. L'acheteur potentiel faisait le sous-marin à moins qu'il n'ait été qu'un épouvantail...

Notre avocat entra en contact avec Me Meknassi et il obtint dès leur première rencontre un accord de principe sur la suspension de la vente aux enchères. Il tint à m'expliquer que cette action en cours ne voulait pas dire désistement de leur part. En repensant à cette transaction, je fus étonnée de la concordance parfaite entre trois montants : celui du terrain avancé par l'ami Abdou, celui que la banque me demandait de rembourser et celui de l'addition des deux cautions hypothécaires que j'avais signées. Je trouvai cela bizarre, mais ne m'attardai pas à cette idée ! J'étais soulagée d'avoir trouvé un ami aussi efficace et reconnaissante qu'un brillant avocat comme Me Tihami veuille bien nous aider. Je décidai de laisser ce dernier défendre, à sa guise, nos intérêts.

Devant mon anxiété évidente, ce dernier se fit rassurant en me rappelant que la banque devait savoir qu'elle ne pouvait obtenir contre Younès que le montant consigné dans le jugement. Elle aurait bien voulu s'approprier l'appartement où je vivais, mais une astuce sur le titre foncier le mettait hors de sa portée. Il m'informa qu'il devait revoir le lendemain l'avocate de la banque pour fixer avec elle les montants que je devais prendre en charge et ceux pour lesquels la succession était engagée. Cela lui permettrait de vérifier si elle avait reçu instruction de reporter la vente de mon terrain. Il promit de me rappeler dès la sortie de cette réunion.

Pour meubler mon attente, je fis des incursions sur le Net pour comprendre le sens des termes aussi simples pour un juriste que "saisie" et "caution bancaire". J'avais besoin aussi de saisir l'essentiel sur les cautions hypothécaires pour mieux appréhender ma responsabilité et les risques auxquels je pouvais être exposée.

Je pris l'initiative ensuite de contacter par mail notre avocat. Je voulais connaître la logique qui lui avait fait additionner tous les chiffres que je lui avais donnés (cautions et crédits) et qui l'avait fait trépigner de colère en oubliant de faire la nuance entre la personne du gérant et l'entreprise. La relecture du jugement avait, en effet, attiré mon attention sur ce détail. La conclusion faisait une distinction très nette entre ce que devait l'entreprise d'une part et son gérant d'autre part.

Je lui demandai également s'il pouvait obtenir une copie des relevés que la banque avait soumis à la Cour et si Me Meknassi pouvait nous éclairer à propos des deux hypothèques concernant Marrakech. J'avais retrouvé dans les notes prises chez Amine que je n'étais pas responsable des cautions bancaires qui garantissaient les marchés de la SCR, mais uniquement de mes cautions hypothécaires qui couvraient les crédits accordés à l'entreprise.

Mes lectures me permirent d'affiner mes interrogations du moment. Ces cautions étaient-elles valables ? Je voulais être sûre que je les avais signées toutes les deux et savoir si elles étaient cumulables et si je m'étais engagée par écrit. Ma dernière question visait à connaître la durée des crédits et le montant qui avait été remboursé. Il était permis de rêver qu'il avait été entièrement payé.

Me Tihami ne répondit pas à ce mail et je compris que cela contrariait son désir d'aboutir très vite à une transaction. Un accord intervint du reste dans la foulée très rapidement entre les deux avocats. J'acceptais de céder le fruit de la vente de mon terrain de Marrakech pour solde de tout compte à la condition expresse que la banque me signe un quitus définitif pour moi et ma fille que nous ne serons plus jamais importunées. Me Meknassi reconnut être convaincue de la justesse de notre démarche. Elle informa la banque des termes de l'accord et devait rappeler notre avocat dès qu'elle aurait une réponse. Ce dernier lui rappela que ça ne passait que par elle et qu'elle le savait.

Deux jours plus tard, je reçus un appel téléphonique d'un certain Darif. Il m'apprit qu'il était l'adjoint de Mafdouhi, chef du service du contentieux de la BCG. Il m'informa qu'il avait reçu la lettre de leur avocate et que la vente aux enchères du terrain de Marrakech était reportée de trente jours pour nous laisser le temps de trouver un acquéreur. Il voulait s'assurer que j'étais bien d'accord pour payer, avec le produit de la vente de mon terrain, la somme convenue entre les deux avocats. J'ai répondu que oui, en lui rappelant que c'était pour solde de tout compte comme le stipulait la transaction. Il m'a promis de m'aider et m'a assuré que c'était une affaire qui allait aboutir rapidement.

Il me fit parvenir, à ma demande, deux documents qui détaillaient les créances et les cautions que la BCG avait accordées à la SCR. Je fis une curieuse remarque : les documents n'avaient pas l'en-tête de la banque et n'étaient ni signés, ni cachetés, signe manifeste de mauvaise foi. J'appelai Me Tihami pour le tenir informé. Il me répondit que ces documents ne devaient pas m'angoisser.

« Si on t'appelle, c'est très certainement pour faire pression et obtenir plus. Retranche-toi derrière moi et dis-leur que c'est moi qui dois régler le problème avec Me Meknassi. »

Après avoir vainement attendu une réponse de cette dernière, il finit par l'appeler. Elle lui apprit qu'elle avait adressé au directeur du contentieux, Mafdouhi, une lettre de relance pour avoir la position définitive de la BCG. Elle l'assura avoir tout fait pour appuyer nos propositions auprès de celle-ci, mais qu'elle se heurtait au silence de ses responsables. Cette attitude fut une constante chez ces derniers. Dès qu'on leur demandait de signer un quitus pour moi et ma fille, ils freinaient des quatre fers.

Je reçus enfin un mail de Me Tihami dans lequel il m'invitait à aller relancer Mafdouhi à son bureau. Lui et Me Meknassi étaient tombés d'accord que c'était la seule solution. Il ajouta une suggestion personnelle : notre ami Youssef Sfanji pouvait-il intervenir en notre faveur soit auprès du président dont il était un intime, soit auprès du vice-président français auquel il était très lié ?

*"Aller moi-même défendre mon dossier !"*

Deux sommités juridiques se retiraient et me mettaient en première ligne face aux vautours de la banque ! Je répondis à son mail par une simple ligne :

(..................................................)

## - 5 -

« Ne désespérez jamais. Faites infuser davantage. »
Henri Michaux

**Année 2005**

Amine qui connaissait un peu Me Meknassi et ce monde particulier de la finance, m'affirma que si cette avocate voulait se retirer, c'est qu'elle n'était pas d'accord avec les agissements de la banque et qu'elle refusait de les cautionner. Il alla plus loin dans ses conjectures concernant notre avocat, mais je ne voulus pas le suivre dans ses supputations qui auraient pu ébranler ma confiance en lui. Il m'encouragea à contacter notre ami commun Youssef Sfanji qu'il avait déjà briefé.

J'envoyai à ce dernier un mail pour lui demander instamment s'il pouvait nous aider auprès de la banque, au nom de l'amitié et de l'affection qui l'avaient lié à mon mari. Il me rappela deux jours plus tard pour me dire qu'il venait de sortir d'une rencontre avec Mafdouhi au siège de la banque qui avait duré deux heures trente et que ce dernier acceptait de me recevoir. Je trouvai étrange qu'il ne me donne aucun détail, se contentant d'insister sur la récupération des cautions et sur la vente rapide du terrain.

Avant d'aller à ce rendez-vous, je m'imprégnai des conseils prodigués par Amine ainsi que des données extraites des rares documents que j'avais. Pendant que j'attendais de le voir, un homme entra dans son bureau avec un volumineux dossier. J'appris par son assistante, avant qu'elle me fasse entrer, que c'était son adjoint Darif.

C'était lui qui m'avait téléphoné peu de temps auparavant. Je pris place à sa droite et compris rapidement que sa présence était une tactique pour me mettre mal à l'aise. Cela laissait au chef du service du contentieux qui me recevait la latitude d'esquiver les réponses aux questions embarrassantes et de se relayer avec son collègue pour me dérouter et user ma résistance.

Pour lutter contre l'angoisse qui m'envahit, je m'escrimai à prendre des notes dans le moindre détail pour les relire plus tard. Il me confirma ce que m'avait dit son adjoint à propos du report de trente jours de la vente de mon terrain et m'informa qu'il avait envoyé un fax dans ce sens à leur avocate. Il essaya ensuite de me déstabiliser. Il affirma qu'au cas où la banque ne recouvrerait pas la totalité de sa créance, elle se tournerait vers les ayants droit. Je n'en menais pas large, mais j'ai réagi fermement en lui opposant que ma fille et moi n'avions rien à voir dans cette histoire vu les statuts de la société, sans préciser davantage ce qu'il savait, à savoir que dans une "SARL", seule la responsabilité du gérant était engagée (en l'occurrence Younès pour la SCR).

— N'oubliez pas que vous êtes caution pour deux crédits et que vous avez donné en hypothèque votre terrain de Marrakech. Si vous acceptez de payer, nous ne soulèverons pas le problème des intérêts.

*"Tant qu'à faire, ajoutez-les !"* ai-je pensé.

Il surenchérit en m'assurant que j'étais responsable au même titre que mon mari pour le paiement de la créance, car chacun de nous était « caution personnelle » de la SCR.

*"Caution personnelle[6] ?"*

Je me tus prudemment, ne comprenant pas le sens de ces mots.

---

[6] Caution personnelle : Personne qui accepte de garantir un emprunt sur son patrimoine personnel.

"*Je vérifierai plus tard ce point.*"
Je tentai de placer une idée qui me tenait à cœur et lui demandai ce qu'il en était de l'assurance-vie qui couvrait les crédits. Il balaya l'argument d'un revers de main.
— Le problème de l'assurance ne vous regarde pas !
"*Tiens donc !...*"
J'eus ensuite beaucoup de mal à le suivre, car il s'amusa à me parler dans un langage financier hermétique. Je finis par obtenir qu'il me parle avec des mots simples et à ma portée.
— Il y a deux volets dans le règlement des créances de la SCR : à savoir les crédits et les cautions.

Je fis un effort pour ne pas me laisser aller à la panique qui m'avait saisie à l'énoncé du chiffre global qu'il me donna.

— Il y a eu un jugement qui nous permet de récupérer la totalité de nos créances. Le fruit de la vente du terrain de Marrakech que vous avez accepté d'hypothéquer pour garantir deux crédits de l'entreprise (sur les trois en cours) pourrait couvrir définitivement ce montant. Je serais prêt à transiger avec vous pour vous laisser le terrain de Tit Mellil qui est hypothéqué lui aussi chez nous.

Je ne pouvais savoir alors qu'il se jouait de moi et de mon ignorance aussi bien dans le domaine des faits qu'il avançait que dans celui du droit.

— Vous savez bien que je n'avais aucune responsabilité dans la gestion de l'entreprise. Je pense toutefois qu'on pourrait s'entendre.

Je présentai alors une idée toute simple et j'eus la surprise de le voir sursauter et réagir.

— Certes, il y a un jugement condamnant la SCR à payer sa créance, mais mon mari est tenu de payer uniquement le montant d'une caution. Le jugement est très clair là-dessus. Il n'y a donc aucune raison que la BCG prenne Tit Mellil et le bureau de la société. Je serais cependant disposée à céder ce dernier si cela pouvait

m'obtenir un quitus définitif pour moi et ma fille. Pour vous rembourser, il suffirait de vendre les biens hypothéqués. Encore faut-il que la créance soit justifiée ! Vous ne me donnez aucune preuve de ce que vous exigez. Qui me dit que la SCR n'a pas honoré ses engagements ?
Il regarda son adjoint. J'ai eu l'impression qu'il était pris de court. Ils ne pouvaient se douter tous les deux du tumulte qu'il y avait en moi et que je tentais d'endiguer, m'efforçant de montrer une façade d'assurance que j'étais loin d'avoir. Il se contenta de me demander de le croire sur parole (!) et d'attirer mon attention sur l'extrême urgence à finaliser d'abord la vente du terrain de Marrakech, puis il passa au problème des cautions.

Sur ce plan-là, je pouvais lui tenir tête, car je m'étais renseignée entre-temps. C'était à la banque de s'activer pour avoir les mainlevées[7] qu'elle exigeait de moi.

— Pour l'instant, la justice n'a pas parlé des cautions. Je vous conseille toutefois vivement de faire le tour des administrations pour régler ce problème, continua-t-il.

"*Quel fieffé menteur et dissimulateur !*" ai-je pensé.

Je ne le contrai pas pour lui rappeler que le jugement parlait de ces créances. Je décidai que je pouvais faire un effort de conciliation pour montrer ma bonne volonté de faire avancer le règlement de notre litige.

— Et où se trouvent ces administrations ?

— Essentiellement à Ouarzazate et sa région. Je vous recommande de trouver quelqu'un pour discuter avec le président de la commune afin d'obtenir assez vite la mainlevée de la caution engagée auprès d'eux.

Je ne saisissais pas pourquoi il insistait sur une seule caution.

"*Qu'est-ce à dire ? La banque a-t-elle déjà un problème quelconque avec une commune ?*"

---

[7] Mainlevée : Acte par lequel la banque est libérée de la garantie donnée à une entreprise pour soumissionner à des marchés publics.

J'avais la curieuse impression que ces cautions le rendaient frileux et qu'elles freineraient la transaction. Pendant toute la durée de l'échange sur ce sujet, je pensai au coût de ces déplacements à venir et à l'issue improbable de ces démarches.

— Il faut que ce soit clair et admis une fois pour toutes que les héritières Benhamou ne sont ni responsables, ni engagées dans le processus de remboursement des dettes. Néanmoins, je pourrais, à titre personnel, essayer de me faire remettre une partie de ces documents par les administrations concernées ou demander qu'on vous les envoie directement, sachant que vous pourriez obtenir vous-même la totalité par simple courrier.

Les détails de cette négociation ne me paraissaient pas logiques. Le jugement scindait la part du gérant de celle de l'entreprise SCR. La banque mélangeait allégrement les deux et exigeait que je cède mon terrain sous couvert que j'avais donné un double cautionnement. Le pire, c'est que tout cela s'accompagnait d'un refus catégorique de me remettre le moindre justificatif.

Au début, j'avais réussi à crâner, mais mon apparente assurance s'était effilochée petit à petit et je n'avais pas toujours réussi à contenir une forte émotion et des montées de larmes provoquées par un sentiment d'impuissance tenace et la rage terrible qui m'habitait d'être dans une situation pareille.

Avant de se quitter, il me fit part de son étonnement, car il pensait que j'allais lui amener des éléments nouveaux. Je lui répondis que des nouveautés, j'en avais trouvé chez lui. Il me regarda et se retint de répondre. À la vue de la tête qu'il fit, je ne regrettai pas cette bravade. Il devait se demander ce qu'il avait bien pu laisser échapper comme information que je n'avais pas à connaître. Il me fit alors une étrange proposition :

« Demandez à Youssef Sfanji d'intervenir auprès de la direction. Il peut arriver à un résultat. »

J'ai insisté pour qu'on mette un peu d'humanité dans le traitement de ce dossier tout en étant consciente que ma naïveté n'avait d'égale que leur férocité. Je me percevais moi-même comme une martienne au pays des macaques.

Une fois en voiture, je m'effondrai complètement. Ces deux heures de lutte m'avaient exténuée. Je sanglotais violemment quand j'entendis un bruit contre la vitre. Je reconnus Youssef en levant les yeux. *"Tiens !"* Il s'installa sur le siège avant et me demanda ce qui me mettait dans cet état. Je répondis en hoquetant les exigences de Mafdouhi : en plus de céder le terrain de Marrakech, il fallait que je ramène les mainlevées de toutes les cautions bancaires données à différentes administrations ; les plus importantes étant à Ouarzazate et sa région.

Il me rassura et me promit de téléphoner au responsable de leur agence dans cette ville pour qu'il s'occupe lui-même de ce problème. Il me conseilla ensuite de réaliser la vente avec l'acquéreur que notre ami Abdou avait trouvé et de discuter des cautions après. Je n'ai pas voulu démordre de ce qui sera un leitmotiv : la solution doit être globale et aboutir à un quitus définitif.

— Il n'est pas question que je leur remette d'abord les cautions seules. Je préfère attendre un règlement global.

— Tu oublies qu'il y a la date butoir de la vente aux enchères.

Il faisait semblant de ne pas être au courant du report de cette vente !

— Comment veux-tu qu'en si peu de jours, je réunisse toutes ces mainlevées et que je vende un terrain à Marrakech ?

— Bon, je vais voir pour qu'ils reportent la vente.

— Elle est déjà reportée pour cause de transaction en cours Youssef, ai-je fini par lui dire en le regardant dans les yeux et en martelant chaque mot.

La discussion tourna court et il descendit de la voiture en faisant une vague promesse qui ne l'engageait à rien.

*"Pourquoi n'a-t-il plus parlé de charger quelqu'un de la banque de s'occuper des cautions ?"*

Soudain, une idée me scia. Comment était-il au courant que j'avais trouvé un acheteur ? Seul l'ami Abdou était censé le savoir !

En fin d'après-midi de ce jour-là, Mafdouhi m'appela pour me demander de dire à notre avocat qu'il devait entrer en contact avec eux. Ils étaient en train de réfléchir à notre demande d'un accord à l'amiable sur un plan global.

À chaque fois que j'ai vu cet homme ou que je l'ai eu au téléphone, j'ai eu la conviction, tenace et persistante, qu'il y avait une pièce du puzzle qui me manquait et que la banque détenait et refusait farouchement de me donner.

## - 6 -

« Ce qui ne me détruit pas me rend plus fort. »
Friedrich Nietzsche

Mes recherches sur internet m'ont fait lever un lièvre : il faut impérativement que la personne qui se porte caution hypothécaire (moi en l'occurrence) ajoute à la main qu'elle donne son accord pour le montant de l'hypothèque, les intérêts et la durée du crédit. Le problème, c'est que je ne me souvenais même plus si j'avais signé ou pas les actes de caution qu'on m'opposait et si j'avais donné mon accord par écrit. Il me fallait les preuves que les cautions couraient toujours et qu'elles m'engageaient encore. J'ai donc pensé redemander des documents à la banque, à savoir une copie des deux contrats de crédit pour lesquels j'avais consenti à être caution hypothécaire de la SCR et une copie de l'ordonnance relative à la mise en vente aux enchères de mon terrain. Darif que j'ai contacté par téléphone a paru sidéré par ces demandes.

« Quand un dossier est au contentieux et qu'il y a une poursuite judiciaire qui est engagée, on s'interdit de remettre quoi que ce soit au client. On ne déroge jamais à cette règle. » Il m'assura toutefois qu'il allait voir avec son supérieur et qu'il me rappellerait. Le silence qui suivit m'obligea à envoyer une lettre avec accusé de réception à la banque.

Mafdouhi me rappela le lendemain. Il voulait savoir quelle voie on choisissait : la discussion ou bien l'option juridique. J'ai répondu que j'avais déjà fait part de notre préférence pour un accord à l'amiable pour régler au mieux et au plus vite ce contentieux. Il me fixa rendez-vous dans l'après-midi. Dès que je fus assise, il me demanda pourquoi j'avais demandé à le voir. J'en restai bouche bée un instant. J'étais réellement suffoquée. Il attaquait d'emblée avec un mensonge. Je le regardai fixement un moment avant de répondre.

— Mais… c'est vous qui m'avez appelée pour me dire qu'il y avait deux voies parallèles et me demander laquelle je choisissais. On s'est mis d'accord pour favoriser une transaction pour régler ce contentieux. C'est la raison de ma présence.

— Je n'ai jamais dit cela ! Pour l'instant, il y a une seule voie, celle de l'action en justice. Pour nous, les deux voies de la justice ou de la transaction se valent tant nous sommes assurés d'être dans notre bon droit.

"*Quel faux jeton* !" Plus il parlait, plus il devenait petit à mes yeux. Son désir de me désarçonner me paraissait infantile, mais il restait encore le maître du jeu qui avait toutes les ficelles en main et qui me barrait l'accès à la vérité. Je serrai les dents pour juguler la violence que cette mauvaise foi et cette mise en scène soulevaient en moi. Devant autant de fourberie, je ramassai mes documents et me levai. Il me proposa de me rasseoir. À partir de là, le ton changea. La réunion fut aussi longue que la première et n'apporta aucun résultat tangible. On patinait sur place, car malgré la peur qui me prenait aux tripes, je n'arrivais pas à céder sur tout ce qu'il demandait.

Mafdouhi me rappela un jour pour me demander de passer à son bureau. Mais, il n'avait pas réussi à m'impressionner assez pour que j'accepte de courir chez lui le jour même. J'ai inventé une excuse pour le faire attendre un peu. Je voulais d'abord voir un nouvel avocat qui avait accepté de reprendre notre dossier.

La rencontre débuta dans une atmosphère tendue. D'entrée de jeu, il me communiqua la décision de la banque qui avait enfin arrêté le montant de la transaction. Elle avait relevé celui sur lequel je m'étais mise d'accord avec lui ! Il me l'avait pourtant lui-même proposé initialement.

Depuis le début, la BCG me réclamait la somme des deux cautions que j'aurais signées et qui correspondait au prix que m'avait donné Abdou pour mon terrain. Sur les conseils de notre avocat, j'avais accepté de payer cette somme pour me libérer définitivement. Et voilà qu'elle revenait sur cet accord ! J'en perdais le Nord ! Opter pour un montant plus élevé était le signe qu'elle avait un plan machiavélique qui me dépassait.

J'étais tellement lasse de ce comportement qui m'usait la santé et les nerfs que je ne pensai qu'à sortir sur-le-champ. Sans répondre à la proposition qu'on venait de me faire, je fermai mon bloc-notes et rangeai mes documents. J'avais hâte de m'éloigner de ces gens malfaisants qui étaient en train de se moquer de moi tout en me pompant mon énergie. Je n'écoutai plus rien. Une toux me fit revenir vers les deux larrons. C'était Mafdouhi qui me parlait comme si la réunion venait de débuter.

— La BCG est prête à vous acheter le terrain de Marrakech et à vous restituer les titres de Tit Mellil et du bureau de la SCR qui avaient été saisis. En contrepartie, vous devez vous engager à abandonner toute poursuite ultérieure. *"Acheter le terrain! La banque dévoile enfin son objectif!"*

Je répondis qu'il y avait une autre solution. Dès que je me suis mise à chercher dans mes documents en disant que je l'avais notée, il a prononcé le mot que je voulais lui donner. Je l'avais appris la veille de mon frère :

— Vous voulez parler d'une dation[8] ?

---

[8] Dation : La dation en paiement est le fait de donner un bien par voie judiciaire pour se libérer d'une dette.

— C'est cela ! Je pense que ce serait une bonne solution. Je donne le terrain de Marrakech et efface ainsi toute l'ardoise pour la SCR, Younès et pour moi ainsi que ma fille.

Je revins au montant de l'accord que le comité avait arrêté contre toute logique aux deux tiers de la créance. Je lui demandai qu'il soit réduit compte tenu du fait que je pourrais récupérer des cautions engagées auprès des diverses administrations grâce à l'appui de personnalités nous ayant promis leur concours. Je ne lui dis pas qu'en fait, j'avais la possibilité de les avoir presque toutes grâce à l'aide précieuse d'Amine. J'avais retenu des conseils de cet ami qu'apprendre que ces cautions n'étaient plus entre les mains des administrations soulagerait définitivement la banque. S'ils n'avaient plus cette épée sur la tête, ils auraient l'assurance qu'ils ne seraient jamais plus ennuyés, ce qui fausserait le cours de toute transaction. J'ai fini par comprendre que c'était de l'argent qui pouvait leur être réclamé.

J'ai ensuite appris à ce responsable qu'il allait recevoir une demande pour nous remettre des documents. Il fit l'étonné alors que j'avais déjà donné cette information à son adjoint.

— Quels documents ?
— Les contrats qui prouvent mon cautionnement.
— Alors là ! Nous, on essaie de régler ce problème et vous, vous me parlez de documents ! Vous savez, en règle générale, la BCG préfère obtenir 100.000 dirhams par voie de justice que 200.000 à l'amiable.

J'ignorai la menace de la fin de cette phrase. Je décidai d'arrêter là cette cascade de mensonges, bluff et intimidation.

— La justice des hommes étant ce qu'elle est, il me reste le recours suprême qui finira par faire triompher la vérité..., lui dis-je pour clore notre rencontre.

Avant de nous séparer, il me demanda à nouveau le nom de notre avocat et me dit qu'il allait l'appeler. J'ai finalement obtenu de lui qu'un accord global soit signé pour me libérer définitivement de toute réclamation ultérieure. Il me promit une réponse rapide et se dit confiant.

Mes idées tourbillonnèrent sans cesse, toute la journée, autour de cette rencontre. J'étais étonnée que la discussion ait glissé très vite et imperceptiblement vers une cession du terrain à la banque.

*"Mafdouhi se bat-il pour la créance ou pour le terrain ? Qui est dans l'ombre de cette transaction ?"*

Le plus curieux, c'est que le BCG avait donné sa réponse le jour où je lui avais envoyé une lettre en recommandé pour une demande de remise des documents. Le soir de ce même jour, Abdou qui habite Marrakech me téléphona pour me dire que la banque l'avait appelé (sic !) et qu'il était disposé à venir à Casablanca pour m'aider à régler mon problème. Il proposa qu'on aille d'abord ensemble chez le directeur général adjoint et ensuite chez un notaire pour la vente. Je ne pus m'empêcher de dire que je ne comprenais pas pourquoi on devait voir le DGA. Je me retrouvai complètement désorientée.

*"Le DGA ! Abdou ! Un notaire !"*

J'avais besoin de parler avec quelqu'un qui pouvait me conseiller en toute objectivité. J'eus une longue conversation téléphonique avec Amine qui ne se gêna pas pour me secouer comme un prunier. Il me reprocha, entre autres, de ne pas avoir posé à Abdou les questions qui s'imposaient. À quel titre la banque l'avait-elle appelé ? Pourquoi son DGA se manifestait-il maintenant ? Voulait-il le terrain de Marrakech pour lui ?

Je répondis que je ne pourrais jamais demander cela à l'ami de Marrakech que je créditais, malgré tout, des meilleures intentions à mon égard. Amine a voulu obtenir de moi l'engagement que je téléphonerais à cet homme pour lui poser ces questions. Pour lui, c'était très important, mais j'ai calé. Je n'avais pas la force ni le courage d'affronter un ami qui s'était tant démené pour nous et lui dire « de quoi j'me mêle ? ».

Cette histoire du DGA me perturbait. Quelques jours auparavant, j'avais rencontré Youssef dans la salle d'attente d'un dentiste. J'en profitai pour lui redemander de nous aider, mais je le sentis très rétif et de parti pris.

— Comment veux-tu que je vous aide alors que tu fais opposition ?

— Moi, je ferais opposition ? Mais qui t'a dit cela ? Qu'est-ce qui te le fait croire ?

— Tu fais opposition parce que tu réclames des documents.

— Mais Youssef, tu sais combien on me réclame ! Tu paierais toi, si on te demandait ce montant ?

— Va en justice et un jour, tu verras apparaître un huissier à ta porte.

— Tu sais très bien que personne ne souhaite cela.

— C'est le chemin que tu prends pourtant. Va en justice et tu verras un jour sonner à ta porte un huissier et ce jour-là, tu verras ce que tu verras…

Je le regardai longuement en silence.

*"Quel rôle joue-t-il depuis le début dans ce jeu de masques ?"* ai-je pensé.

— Trouve un accord et paye vite (ce leitmotiv reviendra tout le temps). Mafdouhi va partir à la retraite. Son successeur reprendra le dossier et d'après le profil que je lui connais, ça te promet de beaux jours. Ne traîne pas. Tu pourrais le regretter.

— Mais je ne traîne pas !

— Un conseil d'ami : va voir la direction.

— Qui ?

Il resta silencieux. Je lui donnai les initiales du DGA.

— K. A. ?

— Oui…

Il ne s'engagea pas une seule fois à m'aider même si, à trois reprises, j'avais répété que Me Tihami m'avait conseillé de lui demander d'intervenir. Cette attitude me déconcertait ! Il y avait un mystère qui me dépassait. L'attente des contre-propositions de la banque dura plusieurs semaines. J'appris ainsi que le temps n'avait pas le même sens, ni la même densité ou fluidité pour celui qui dispose et celui qui attend. Je n'avais pas d'autre alternative que celle d'attendre.

Pendant cette pause forcée, je revins vers Youssef et lui envoyai un mail pour le prier de nous aider au niveau d'Ouarzazate pour les cautions détenues par un Office connu et lui rappeler le coup de téléphone qu'il avait promis de donner au chef d'agence de la BCG dans cette ville. Je le priai de relancer la banque pour un règlement juste et rapide de notre problème. Il a réagi positivement à mon mail et m'a promis d'appeler le responsable du contentieux de la BCG.

Il me rappela pour me faire part des exigences de celle-ci. Elle voulait m'obliger à scinder la vente de l'accord. Pour elle, il fallait d'abord vendre le terrain, signer ensuite un accord pour régler le problème des créances et lever les saisies et enfin continuer à courir après les cautions. Je relevai une discordance majeure dans cet enchaînement. Les cautions paraissaient comme une urgence absolue et voilà qu'elles étaient reléguées au second plan.

Quelqu'un avait-il intérêt à régler ce dossier avant un éventuel départ ? Pourquoi cette précipitation ? Je me heurtais à un mur et mes questions restaient sans écho. J'eus l'impression que la banque avait choisi d'avancer à reculons.

Que la dation tombe à la trappe me fit imploser, mais je n'en laissai rien paraître. Je ne voulais plus montrer d'émotion à ce renard qui osait trouver tout à fait normal que, dans le cas où une commune réclamerait une caution à la banque, il serait logique que cette dernière se retourne contre moi pour récupérer son argent. Il faisait preuve d'un cynisme scandaleux puisque c'était l'entreprise qui était impliquée et non pas moi. Il m'avait affirmé également que le quitus que j'exigeais bloquerait toute possibilité d'accord. Pour lui, je devais céder la totalité de ce que rapporterait la vente du terrain de Marrakech et ne rien réclamer. J'abandonnai, de guerre lasse, ce dialogue de sourds.

Mafdouhi m'appela trois mois après notre dernière rencontre pour m'informer que notre dossier avait été présenté au « comité des risques ». Il avait été refusé et ils allaient m'écrire pour me dire qu'ils ne lèveraient les hypothèques que si je rapportais la totalité des cautions. Je répondis, d'une voix blanche, que cela me convenait, car mes investigations avaient fait apparaître des faits nouveaux. Ils m'avaient appris à bluffer.

La BCG m'envoya peu après une lettre à mon domicile. Elle revenait officiellement sur notre accord de dation. Elle exigeait à nouveau le montant qui correspondait au total de mes deux cautions cumulées. Elle me sommait, entre autres, de régler au plus vite cette somme et me laissait un mois pour m'exécuter. Elle me menaçait d'une reprise, au-delà de ce délai, de toutes les poursuites judiciaires en cours dans ce dossier notamment la vente judiciaire du terrain de Marrakech.

La banque est donc à l'image de l'hydre à sept têtes. À chaque fois qu'on en coupe une, il y en a une autre qui repousse. J'avais l'impression qu'ils ne lâcheraient jamais de bon gré les titres fonciers des biens entre leurs mains.

Je décidai de faire de la résistance. Je ne parlerais plus à l'avenir que de la seule part de Younès telle qu'elle avait été définie par le jugement. C'était bien là le message que m'avait fait passer l'huissier le jour où il m'avait remis celui-ci.

Au cours d'une nuit blanche, je repensai à une phrase de Sénèque « Fais ce dont tu as peur et tu vaincras ta peur ».

- 7 -

« Là où se trouve une volonté, il existe un chemin. »
Winston Churchill

Par où commencer ? J'avais quoi en main ? Au tout début de l'affaire, j'avais un jugement remis par huissier et deux certificats de la Conservation foncière de Marrakech attestant mon double cautionnement avec un terrain dont la valeur du moment équivalait à l'exigence de la BCG pour une transaction. La banque avait refusé catégoriquement de me donner l'échéancier du paiement des crédits, acceptant de me remettre seulement deux documents : l'un prouvait, soi-disant, la créance et l'autre me donnait la liste des cautions bancaires. Une aiguille dans une meule de foin ! Il fallait procéder méthodiquement pour obtenir le maximum de documents et d'informations afin de cerner les tenants et aboutissants de ce litige. J'eus souvent l'impression qu'il me fallait reconstituer un mammouth à partir de quelques vertèbres.

Je commençai par aller au tribunal de commerce de Casablanca. Une amie me donna le nom d'un homme qui y travaillait. Je me présentai un matin à son bureau pour le prier de m'aider. Il ne pouvait rien faire du fait que j'étais tombée en plein milieu d'un déménagement vers de nouveaux locaux. J'étais tellement désespérée dans ma manière d'exposer mon problème et de parler de l'injustice contre laquelle je me débattais qu'il me donna les coordonnées d'un de ses amis au tribunal de commerce de

Marrakech et me recommanda de l'appeler de sa part. Ce que je fis dès que je rentrai chez moi.
L'inconnu fut extrêmement coopératif. Il me demanda de le rappeler pour lui laisser le temps de chercher mon dossier. Au bout d'une heure, il m'expliqua qu'un jugement avait donné à la BCG en mon absence le droit de saisir et de vendre mon terrain pour payer la créance que j'avais garantie et un curateur avait été nommé de ce fait pour agir en mes nom et place.
— Un curateur ? criai-je au téléphone hors de moi. Comment peut-il être vendu par quelqu'un d'autre que moi sans que je sois au courant ?
Il me précisa que cette personne avait le devoir de me chercher et il me conseilla vivement de me manifester afin d'être prévenue à l'avenir. Après avoir raccroché, je restai un long moment à écouter l'écho de ces paroles en moi.
"*Mon Dieu ! Avec le curateur, personne n'aurait eu vent de cette vente aux enchères et les loups auraient pu ainsi se repaître de mon terrain, pour une bouchée de pain, le plus légalement possible. Il leur suffisait de trouver un homme de paille ! Un pur hasard avait éventé ce piège !*"
J'appris qu'il y avait déjà eu une première vente infructueuse par manque d'enchérisseurs. J'égrenai tous les noms divins qui me semblaient appropriés par reconnaissance pour cette protection invisible.
Je pris le train le lendemain à onze heures pour Marrakech afin de voir le dossier d'hypothèque déposé au tribunal de commerce de cette ville. J'arrivai à quinze heures et repartis deux heures plus tard, heureuse de ramener avec moi un petit trésor. J'avais, en effet, obtenu les photocopies des documents que la BCG refusait de me remettre. Ma plus grosse prise était le premier contrat de crédit avec lequel la banque avait pratiqué la saisie sur mon terrain. Il me fallait mettre la main sur le deuxième contrat de crédit

qui restait introuvable. Par manque de temps, je reportai cela pour une autre fois.

Je lus ce contrat dans le train du retour. Je n'en compris pas tous les termes et pour tenter d'en appréhender le sens, je le relus plusieurs fois. Je remarquai tout de suite qu'il était signé par moi, mais sans la mention manuscrite « Lu et approuvé ». Juridiquement, il était donc nul, mais cet argument pouvait facilement être balayé ou occulté. À un certain moment, j'exprimai avec force une stupéfaction, puis une joie qui attirèrent l'attention des personnes à mes côtés. Je repris très vite mon air impassible, mais une formidable allégresse intérieure me faisait valser sur un parquet lumineux. Un cachet administratif m'avait empêchée de remarquer un détail capital qui ne pouvait être que déterminant par la suite. L'espace réservé à la signature du gérant de la SCR était... vide ! Younès n'avait pas signé ce contrat !

Au cours de l'insomnie de ce soir-là, je survolai fébrilement un livre de droit et tombai en arrêt devant un article de loi : « La partie qui a avoué sa signature /.../ ne perd point le droit d'opposer à l'acte tous les autres moyens de fond et de forme qui peuvent lui appartenir. » Je savourai une euphorie sans pareille dans une joyeuse effervescence intérieure.

Je programmai de commencer ma ronde pour la collecte des mainlevées à partir du lundi qui suivait et je passai le week-end à approfondir mes connaissances sur les points de droit qui m'interpellaient à ce niveau de ma recherche.

J'avais besoin tout d'abord de connaître l'état d'avancement des chantiers au jour du décès de mon mari. Je contactai un de ses anciens collaborateurs qui me donna les réponses qu'il avait et qui pouvaient être précieuses pour que je sois fixée sur les cautions de marchés. Ensuite, j'ai obtenu du 160, service de renseignements téléphoniques, les numéros de téléphone des communes rurales avec lesquelles avait travaillé la SCR, et ce, afin de les appeler une fois à Ouarzazate. J'obtins également le nom du percepteur qui recevait les décomptes[9] de l'entreprise, des présidents de communes et des secrétaires généraux. Tous se dirent disposés à m'aider, et me demandèrent d'aller sur place.

Je me résolus à suivre le conseil d'Amine de me déplacer moi-même pour régler le problème des cautions. Tout ce qui concernait les marchés avec l'État fut réglé rapidement avec les responsables des différentes administrations publiques grâce à l'intervention de cet ami. Pour un Office semi-privé, ce fut plus délicat. Ses responsables commencèrent par me proposer de me remettre d'importants décomptes de la SCR qui avaient été libérés après le décès de Younès à condition que je les signe. Je répondis que je n'étais pas habilitée à faire cela et que je n'avais pas, de toute façon, le cachet de l'entreprise. On m'avait, en effet, mise en garde contre toute action qui pouvait être assimilée à un acte de gestion. Ensuite, quand j'ai demandé à récupérer les mainlevées des cautions en leur possession, ils renâclèrent à s'exécuter, puis ils exigèrent que je signe un document que je ne réclamerai jamais plus rien par la suite. Je téléphonai à mon avocat qui me dit de foncer sans hésiter.

Quelques semaines plus tard, je revins vers eux au sujet de ces décomptes. On m'avait expliqué qu'ils pouvaient aider à alléger la dette de la SCR. Un concert d'une même voix me répondit qu'il n'avait jamais été question d'un quelconque paiement pour le compte de cette entreprise. C'étaient pourtant les mêmes personnes que j'avais vues auparavant !... Je demandai alors juste les montants pour les donner à mon avocat afin qu'il en tienne compte dans

---

[9] Décompte : Paiement d'un dû à une société en retenant ce qui a été avancé.

sa transaction. Les responsables maintinrent leur position et refusèrent de me prendre au téléphone après cela. Il en fut de même avec tous leurs collaborateurs qui m'avaient pourtant aidée au début. J'en fus profondément écœurée.

Il me restait les communes rurales, toutes situées dans la région d'Ouarzazate. J'appréhendais beaucoup cette étape qui fut, de fait, cauchemardesque. Il était facile de deviner que ce serait l'aspect le plus épineux de ce dossier. Des présidents de communes disposaient de cautions dans des marchés dont le gérant était décédé... Il était urgent de savoir ce qu'elles étaient devenues. Cela se passa en deux temps.

Amine m'envoya chez un haut responsable au ministère de l'Intérieur qui me promit de m'aider sur ce sujet. En plus de son nom que je pouvais utiliser comme viatique, il affirma être lié par des liens d'alliance familiale avec le député de la région et il me promit de l'appeler pour lui demander de m'aider auprès des présidents des communes et du gouverneur. J'appris que ce dernier était l'autorité de tutelle sur les communes et qu'il pouvait donc régler à lui seul le problème des cautions bancaires.

Forte de cette promesse, je décidai de commencer par aller chez lui et me fit annoncer en donnant ma carte et le nom du responsable de son ministère de tutelle. Ce que je croyais être un sésame marcha. Il sortit d'une réunion pour me parler rapidement et me demander de revenir le lendemain. Il promit aussi d'étudier le dossier et de régler rapidement ce problème en libérant les cautions. Cet homme me parut être extrêmement correct et serviable et je me demandai s'il n'aurait pu m'aider même sans recommandation. On m'avait dit, en effet, qu'il faisait une politique de la porte ouverte au service des citoyens.

Le lendemain, il ne put me recevoir tant son agenda était chargé par les préparatifs de la fête du trône et d'une prochaine visite royale. Il me demanda de voir avec le secrétaire général de la préfecture pour la suite à donner à ma requête. Ce dernier me fixa un rendez-vous pour la semaine qui suivait en me demandant de lui laisser un fond de dossier.

La distance Casablanca-Ouarzazate ne me laissait d'autre choix que de prendre l'avion, puis de louer sur place une voiture pour rayonner dans la région. Le jour de la réunion, je me présentai un peu avant l'heure à la préfecture. Pendant que j'attendais d'être reçue par le secrétaire général, des personnes ont commencé à venir et à s'installer sur des bancs dans le couloir. Au début, je n'y prêtai pas attention tant j'étais attentive à me blinder pour faire face à la rencontre en répétant le verset où il est question de Moïse priant Dieu de lui délier la langue pour que son discours soit compréhensible. Puis, je remarquai que tous ces hommes me regardaient avant de s'asseoir et tous avaient un dossier qu'ils consultaient en chuchotant entre eux. Je m'amusai à les compter. Ils étaient douze. Au bout d'un moment, on nous demanda tous d'entrer dans la salle de réunion.

"*Douze personnes ! Je vais avoir contre moi douze personnes !...*"

Une panique effroyable m'envahit. Afin de pouvoir affronter ce qui m'attendait, je me concentrai tout de suite sur un verset à dire pour vaincre sa peur. Cela m'apaisa avant que le secrétaire général ne fasse son entrée. Il salua puis présenta les hommes présents. Il y avait les présidents des quatre communes avec, chacun, son secrétaire général ; le percepteur de la région, l'ingénieur en chef d'Ouarzazate, nommé pour l'occasion médiateur et deux autres personnes dont je ne retins pas le nom (des créanciers de la SCR me dit-on par la suite).

Il donna la parole en premier au médiateur et lui demanda de rappeler les clauses de résiliation des marchés et de libération des cautions. Ce dernier sortit un recueil d'articles et se mit à lire posément. Je me mis à observer la

scène et m'attardai sur chaque visage. Aucun homme ne soutint mon regard. À un certain moment, mon oreille capta un mot qui me fit réagir violemment. J'entendis le médiateur user du mot "l'entrepreneur" ou "son patron" en parlant de la SCR.
— Vous êtes en train de parler d'un homme décédé. Vous n'avez pas le droit de parler de lui de cette manière !
— C'est notre jargon madame. Ce n'est pas une personne physique.
Il voulut reprendre. Je l'en empêchai autant de fois qu'il reprenait en invoquant toujours le respect dû aux morts dans notre culture. Il finit par abandonner sur un signe du secrétaire général. Chacun prit alors la parole pour défendre sa position à propos des cautions et affirmer qu'elles ne pouvaient être libérées ou qu'elles avaient déjà été ponctionnées par le percepteur sur les décomptes qui étaient arrivés après le décès. Je répondais à chacun en crânant et en essayant de les sensibiliser au fait que leur attitude de refus allait pousser la banque à mettre en vente mon appartement (je le croyais à ce moment-là). L'argument ne les fit pas changer d'attitude.

La conclusion de l'ingénieur fut que seule la commission des marchés pouvait statuer sur les cas exceptionnels comme celui-ci. Le regard que je lui jetai et la mimique que j'eus lui montrèrent le cas que je faisais de cette proposition. J'avais compris que c'était peine perdue de continuer à discuter avec ces gens d'une même sphère. Le secrétaire général leva finalement la séance sur le constat que les réponses des intervenants allaient dans le sens de la loi. Je le regardai longuement et laissai tomber avant de me lever :
— Je vous remercie d'avoir pris la peine de nous réunir, mais je tiens à dire que je ne comprends pas la logique de la décision finale. Il me reste le recours de m'en remettre à Dieu !

Je sortis rapidement pour qu'ils ne voient pas l'émotion née de ma rage face à mon impuissance. Je me pris à rêver que la solution serait d'interpeller directement le Roi. Lui seul pouvait être capable de faire rentrer tout le monde dans les rangs. Je me voyais déjà lui écrire une supplique avec comme titre *"Wa Mohammadah* !" par référence au cri jeté par une femme qui avait ainsi supplié le calife Al Moâtassim de lui rendre justice.

Il était 13 heures et mon avion était pour dix-huit heures. Je décidai d'aller directement à l'aéroport pour tenter de changer mon billet. Avant d'arriver à ma voiture, je fus rattrapée par l'ingénieur d'Ouarzazate, le percepteur et les deux créanciers qui étaient présents à la réunion. J'envoyai bouler d'abord ces derniers, puis me tournai vers les autres. Je ne pus me retenir de les apostropher violemment.

— Vous pouvez être contents de vous, messieurs, n'est-ce pas ? Vous auriez pu, aussi bien, vous réunir sans moi et me donner le résultat de votre décision par écrit ou par téléphone. Mais, laissez-moi vous dire une chose : la roue tourne ! Vous avez tous qui une femme, une mère, une sœur ou une fille. Un jour viendra où vous penserez à Mme Benhamou, mais ce jour-là, je ne serai pas là, à vos côtés.

Et j'ajoutai un verset que les gens n'aiment pas entendre dans la bouche d'une personne victime d'une injustice :

« Allah nous suffit ; il est notre meilleur garant. »

Je scandai ce verset trois fois. Je ne pus retenir mes larmes en disant ces paroles que seul un désespoir noir m'avait dictées et leur tournai le dos pour aller vers ma voiture.

À l'aéroport, j'eus une violente crise de larmes. J'oubliai que j'étais dans un hall ouvert au public et me laissai complètement noyer dans un sentiment de *hogra*[10] et d'injustice caractérisées. Je décidai d'appeler l'ingénieur qui m'avait donné ses coordonnées (comme tous les autres du reste).

— Acceptez que je vous reparle de la réunion. Je sais que vous avez parlé dans le cadre de la mission pour laquelle vous avez été mandaté. Ce n'est pas une critique, mais je ne peux revenir à Casablanca sans vous dire ceci : vous m'avez broyée et pulvérisée. Est-ce que vous réalisez ce que c'est que d'être face à douze hommes sans qu'il y en ait un seul qui soit bienveillant à mon égard ?

Un long échange suivit au cours duquel il essaya de justifier son attitude et de m'assurer de sa totale adhésion à ma requête. Il jura qu'il n'avait fait que son devoir même si, en tant qu'homme, il comprenait ma position.

— Moi, je ne comprends pas votre attitude, vous avez bloqué la discussion. Vous tous qui étiez présents, vous n'avez eu aucune pitié pour moi et cela a conforté la position des présidents de commune. Vous n'avez pas voulu retenir qu'il y a dans cette histoire la saisie de mon appartement qui est en jeu.

— Vous m'avez condamné et pourtant je vous jure que je n'ai pas déjeuné, ni pu parler à mes enfants. Ce que vous m'avez dit à la sortie est terrible.

Je revins à Casablanca épuisée et complètement démoralisée. Je ne parvins pas à appeler l'homme qui avait proposé son aide auprès du gouverneur. Un jour où un colloque sur les collectivités locales nous avait réunis, je lui fis part de mes remerciements pour m'avoir permis d'approcher le gouverneur et pour l'intervention de son ami député. Il se confondit en excuses et me dit qu'il avait

---

[10] Hogra : Sentiment qu'on est sous-estimé, avec une pointe de mépris, lorsqu'on subit d'une personne qui détient l'autorité (ou se croit supérieure) une « brimade injuste, abus de pouvoir ou d'autorité et/ou déni de justice, couplés d'impunité. »

oublié. "*Il a oublié !*" me répétai-je plusieurs fois. Je sentis ma poitrine s'étoiler et mes membres s'engourdir. Je continue de croire que ce fut l'un des moments les plus durs que j'aie eu à vivre. Il fallait se rendre à l'évidence. Sa promesse était du bidon, de celles qu'on fait pour se faire valoir et qu'on oublie juste après. Je fis un effort surhumain pour faire bonne figure.

Pour rentrer à Casablanca, je cédai le volant à ma fille Ghizlaine qui m'avait accompagnée et somnolai tout au long de la route. J'étais incapable de parler. Une idée me calma complètement à la fin. Si je n'avais pas été sûre que j'avais un bon parapluie, jamais je ne me serais aventurée dans cette jungle administrative. Finalement, c'est quand on pense qu'Il nous a abandonnés qu'Il est le plus présent pour nous aider à avancer.

Je m'accordai quelques jours pour me remettre, puis je repris mon bâton de pèlerin pour les cautions qui pouvaient encore être récupérées. J'étais tellement révoltée que je voulus faire une nouvelle tentative.

Ayant gardé une bonne image du gouverneur, je laissai passer cette période de festivités locales et nationales et lui redemandai un rendez-vous. Il eut une réaction exemplaire. Il promit de m'apporter toute l'aide dont j'avais besoin. L'autorité et le pouvoir dont il disposait firent des merveilles auprès des communes et le résultat dépassa mes espoirs. J'appris, par la suite, qu'un président de commune perdit son poste. C'était de bon augure pour notre pays !

Je récupérai, sans problème, les mainlevées des cautions des marchés qui avaient eu une réception définitive[11]. Je sus alors que la banque avait déjà eu une sommation pour payer l'une d'elles. C'était cela le sens de la fébrilité de ses responsables dès qu'ils parlaient des cautions.

---

[11] Réception : Acte par lequel le travail effectué par une entreprise est accepté par l'organisme qui en a passé commande.

- 8 -

« On l'emporte souvent sur la duplicité
En allant son chemin avec simplicité. »
J.-L. B. Gresset

Ghizlaine me harcela pour que je quitte notre avocat. Je savais qu'elle avait raison, mais je me sentais incapable de faire cela. J'attendais de trouver d'abord un nouvel avocat et d'être sûre qu'il accepterait de nous défendre.
Je dois dire que je n'ai jamais compris l'attitude de Me Tihami. J'avais fait la grossière erreur d'accepter qu'il traite notre dossier sans percevoir d'honoraires, et ce, au nom de l'amitié qui l'avait lié à Younès. Il pensait sûrement que cela ne lui prendrait pas beaucoup de temps. Cela fit l'unanimité contre moi, mais je n'avais pas réussi à le convaincre d'accepter d'être rétribué pour ses prestations. C'était une faute me répétait-on, car il restait ainsi libre de ses actions ou de ses volte-face.
Il avait été parfait au début. Il était chaleureux, disponible, patient et efficace puisqu'il obtint un accord au bout de dix jours seulement de tractations avec Me Meknassi. Après cela, et devant la propension de la banque à nous mener en bateau, il avait fini par perdre patience. Il instaura alors des échanges par e-mail comme moyen presque exclusif de communication entre nous sans, pour autant, prendre la peine de répondre à tous mes envois. Je pris cela comme une preuve qu'il était trop pris et qu'il ne voulait plus s'encombrer de ce dossier devenu sans intérêt pour lui.

Ses rares réponses étaient toujours laconiques sans qu'il reprenne aucun des points que je lui exposais. Il se contentait de me dire qu'il accusait bonne réception de mon mail et qu'il prenait bonne note de mes mésaventures avec les responsables de la BCG ou des diverses phases de la négociation directe avec Mafdouhi. Il me répétait qu'il n'y avait pas d'autre solution que d'être patiente et me « poussait à m'activer pour aboutir à un accord global ».

Une réponse me parut indécente. Il m'apprit le déménagement de Me Meknassi qui n'allait plus être sa voisine pour m'expliquer qu'il devenait donc plus difficile pour lui de la joindre. Bel argument à l'ère des portables ! Il promit toutefois de « lui en toucher un mot » dès qu'il en aurait « l'opportunité ».

Un long mail, entre autres, que j'écrivis un jour de grand découragement :

Date : 23 juin 2005 11:06, Objet : Pause salutaire ou suicidaire ?
Ahlan Driss,
Dans l'hebdo « Le Point » de cette semaine, il y a un dessin très édifiant. On y voit à l'arrière-plan une horde de loups sur le qui-vive et au premier plan un loup énorme, gros, gras, carnassier à souhait, parler à des moutons et leur dire : « Pour parler franchement : non, mes amis et moi ne sommes pas intéressés par une solution négociée. »
*No comment !*...
Depuis que tu m'as conseillé de discuter moi-même avec Mafdouhi, j'ai vu ce dernier trois fois. À chaque fois, je suis sortie convaincue qu'on avait trouvé la solution. Il demandait à rendre des comptes et puis il m'oubliait.
Le dernier accord date du 29 mars. Début juin, il a contacté… ma fille pour qu'elle discute avec eux à ma place. Il sait pourtant que je suis totalement disponible contrairement à Ghizlaine qui doit gérer sa carrière de médecin et ses engagements sociétaux. Je l'ai laissée décider, car,

grâce à Dieu, il y a une osmose totale avec elle sur la manière d'appréhender les turbulences qui nous assaillent.

Ma fille a été à cette rencontre, puis au vu de l'attitude de ce responsable, elle l'informa qu'elle me remettrait les rênes du fait de son indisponibilité et de ma connaissance approfondie du dossier.

À la suite de cela, j'ai envoyé à Mafdouhi une lettre pour le prier de me fixer sur les intentions réelles de la BCG et de me préciser la formule que cette dernière voulait privilégier dorénavant. Je lui ai rappelé qu'il me semblait que l'idée d'une transaction était acquise pour solde de tout compte pour les ayants droit Benhamou et qu'un projet de protocole d'accord devait m'être soumis pour clore définitivement ce dossier. J'ai enfin demandé que les pourparlers continuent avec moi comme unique partie prenante (Il avait dit à ma fille qu'avec moi, ils ne savaient pas me dire non. Ils finissaient par me dire oui sans le penser vraiment !). J'attends toujours la réponse.

Driss ! J'ai besoin de tes conseils avisés.

Si ma fille et moi-même ne risquons vraiment rien sauf, bien évidemment, perdre Marrakech et les deux autres biens saisis, je suis fortement tentée d'abandonner ce combat inégal. Par ailleurs, la banque sait pertinemment qu'il m'est impossible de rapporter toutes les cautions. Comme Mafdouhi présente cela comme une condition *sine qua non* ; continuer à gesticuler revient vraiment à brasser du vent. Pire, à jouer avec ma santé.

Rousseau a dit dans *Le Contrat social* : « Céder à la force n'est pas un acte de lâcheté, c'est tout au plus un acte de prudence ». Je le dis la gorge nouée, mais ça ira !...

Je ne sais plus que demander. Je ne sais plus que faire. Pour l'instant, je fais une pause. J'oblige ainsi la vie à m'accorder un peu de sérénité... jusqu'à la prochaine tempête.

Amicalement
Yasmina

Me Tihami me félicita en m'assurant que je devenais une excellente négociatrice et en m'enjoignant de ne pas hésiter à l'appeler s'il y avait du nouveau. Il ne donna plus aucun signe de vie et je n'osai pas le rappeler. Je finis par ne plus supporter sa gestion de notre dossier par mails interposés. Je compris qu'il était préférable de payer même une fortune un avocat qui prendrait à cœur de nous défendre. Je n'en pouvais plus d'être au front seule et en première ligne.

Il m'expliqua un jour sa position au cours d'une rencontre impromptue. Il se dit désolé d'avoir eu une attitude déroutante. Il avait accepté au début par amitié pour Younès et parce qu'il était sûr d'obtenir rapidement un compromis avec la banque. Il m'avoua enfin qu'il ne pouvait que me conseiller, car il avait la BCG parmi sa clientèle et que la déontologie lui interdisait de traiter mon dossier. J'en restai sonnée et sans voix. M'avoir fait attendre si longtemps !

Mon amie Imane fulmina contre cette attitude inqualifiable. Après plusieurs consultations, elle me conseilla d'aller voir deux de ses confrères. Me Stittou, connu pour être un jeune loup très à l'aise dans la jungle des tribunaux et qui faisait un malheur pour tous les dossiers commerciaux qu'il traitait et une amie d'enfance à elle, Me Chahmi, très respectée par ses pairs. Elle me prévint toutefois que cette dernière avait accepté d'être seulement notre conseillère par refus de prendre un dossier qu'elle n'avait pas initié.

J'entrai alors dans la ronde infernale des avocats.

- 9 -

« Voici le temps des éclairs sans tonnerre,
Voici le temps des voix non entendues
/.../ » Primo Levi

— Alors m'man, raconte, comment s'est passé ta nouvelle rencontre d'aujourd'hui avec Me Stittou ?
— S'il te plaît, Ghizlaine, je ne suis pas en état de parler. Je préférerais reporter à un autre moment. Je suis liquéfiée...
— Raison de plus pour parler m'man ! Dis-moi tout, cela t'aidera à évacuer cette détresse que je sens en toi.
— En fait, il y a beaucoup de colère en moi. En arrivant à l'adresse de cet avocat, j'ai eu la surprise de le voir sortir de l'ascenseur avec un ami à lui.
— Vous avez oublié qu'on avait rendez-vous ?
— Non, pas du tout. Vous pouvez monter voir ma femme qui vous expliquera pourquoi je ne peux prendre votre dossier.
— Vous refusez de prendre notre affaire !
— Que voulez-vous ? Je trouve que les documents que vous m'avez remis sont trop insuffisants.
— Mais, tu lui as dit que tu lui avais remis une copie de tous les documents que tu as ?
— Il ne me croit pas. Comme il ne croit pas à la vente du matériel de l'entreprise. « Un matériel pareil ! C'est impossible qu'il ait été vendu sans que le tribunal vous ait prévenue ! »
— Et tu n'as pas cherché à le convaincre du contraire ?

— Bien sûr que si ! Je me suis raccrochée à lui avec l'inconscience du désespoir. Le lâchage de Me Tihami qui m'oblige à discuter avec la banque et la peur que cette dernière m'inspire m'ont fait oublier tout amour propre. Il a dit qu'il était désolé, mais qu'il ne pouvait pas travailler « quatre, cinq ou dix ans sur une affaire sans documents ». *Allah ghalab*, à l'impossible nul n'est tenu, a-t-il conclu.

À bout d'arguments devant mon insistance, il avait fini par lâcher :

— J'ai des dossiers très importants qui me prennent tout mon temps.

— Vous savez, on reconnaît les grands dans leur aptitude à traiter les "petites choses" ;
et je tournai les talons pour prendre l'ascenseur afin de demander mon dossier.

— Au nom de Dieu, qui vous a donné mon nom ? l'entendis-je crier.

Je ne me retournai pas, trop préoccupée à retenir les larmes de rage qui montaient en moi. Subir cela me parut profondément révoltant et humiliant. Voir un avocat avec sa réputation rebuté par le côté compliqué de notre dossier finit par me mettre le moral en berne.

— Le putois puant ! Te traiter ainsi !...

— Il m'a également affirmé que la BCG avait parfaitement le droit de refuser de me donner les documents que je réclame. « Vous n'avez qu'à les trouver vous-même » !

— Mais... comment vas-tu les trouver ?

— Écoute Ghizlaine, j'attends qu'on me communique l'heure d'un rendez-vous avec le DGA de la banque. Abdou doit me rappeler à ce sujet.

— J'espère que tu as oublié l'argument de leur donner le terrain et la proposition de leur rapporter ce que tu peux comme cautions bancaires...

— Je crois que je n'ai pas d'autre recours pour sauvegarder ce que je peux de ma santé.

— Il serait peut-être intéressant de faire un bilan m'man, tu ne crois pas ?
— Plus tard. Pour l'instant, je me focalise sur la prochaine rencontre avec la banque.
— M'man ! Si tu fais cela, tu le regretteras toute ta vie !
— Non, car j'achète ainsi ma paix.
— Alors, tu dirais comme ce tocard de Stittou « *Allah ghalab* » ?
— Non Ghizlaine, je dis et je pense sincèrement « Dieu est généreux. » Je m'en remets à Sa sagesse, même si je n'en comprends pas tout de suite le sens. Tu verras, Il ne nous décevra pas. Aucune tempête, aussi violente soit-elle, ne m'empêchera d'être confiante. J'essaie toujours de trouver des branches pour me raccrocher. En fait, j'en ai une bien solide. C'est ce qui me rend... comment tu dis déjà ?
— Insubmersible p'tite m'man ! Oui, insubmersible, mais... j'aimerais beaucoup avoir ton optimisme !
— Je suis loin d'être optimiste sur ce sujet, mais c'est la seule façon que j'aie trouvée de combattre ce qui me dépasse. Ne t'en fais pas trop pour moi. Ça ira...
— À part ça, tout va très bien Mme la Marquise !... M'man ! Oublions tout cela maintenant. Viens, change-toi, je te sors.
— Laisse pour demain Ghizlaine. Je sais que ce soir, tu as l'anniversaire de ton amie Lamia. Merci pour la proposition, mais je serais heureuse de te savoir avec des amis.

Une peur sournoise concernant l'appel que notre avocat n'avait pas initié revint à la surface. Il fallait que je sache ce que je risquais et ce que je devais faire. Je ne pouvais et ne devais plus continuer ainsi me répétait Amine. « Le droit est très spécial et si tu n'es pas bien conseillée, la banque te fera faire des bêtises. » Je commençais à avoir peur d'être toute seule dans la fosse aux lions.

Rester seule ce soir-là me permit de "cuver" ma colère. Elle fondit grâce à une pensée d'Aristote qui me revint en mémoire. « La colère est comme l'éperon du courage. » Je décidai d'en faire un aiguillon pour mon action à venir.

- 10 -

« Il n'y a pas de hasard, il n'y a que des rendez-vous. »
Paul Éluard

Je pris rendez-vous avec l'avocate dont mon amie Imane m'avait vanté les mérites. Notre première entrevue fut chaleureuse malgré une tension extrême en moi du fait que j'avais été prévenue qu'elle ne serait qu'une conseillère.

« Ce n'est pas un cadeau que vous fait Dieu », me dit-elle après m'avoir écoutée.

Malgré une empathie certaine, elle me confirma qu'elle regrettait de ne pouvoir prendre en charge notre affaire parce que les « dossiers réchauffés » recelaient souvent de grosses surprises. *"Les dossiers réchauffés !..."* Elle resta inflexible sur ce point, d'autant qu'elle m'avoua une autre raison, à savoir qu'elle était en pleine campagne électorale pour garder un siège aux couleurs de la gauche, ce qui lui laisserait peu de temps pour de nouveaux dossiers.

Elle mit l'accent sur la nécessité d'avoir l'assistance d'un bon avocat et m'assura qu'elle me conseillerait aussi souvent que je le désirerais. Je me contentai de cette promesse d'une aide constante à venir. Elle ne se déroba du reste jamais à mes demandes de consultation à chaque fois que je me retrouvais paumée ou bloquée. Cette femme, qui jonglait avec maestria avec le droit et dont la curiosité semblait toujours en éveil, m'apaisait, m'aidait à voir clair et à trouver des solutions.

Sa principale recommandation était que je devais agir dans le sens d'une transaction et trouver un fin négociateur qui ferait tampon avec la BCG. L'idéal serait que ce soit un homme influent à qui l'on ne refuserait pas de faire le point sur le montant de la créance. Selon elle, il fallait également trouver en vitesse un acheteur pour avoir le montant de la transaction et si la vente tardait à se faire, ne pas hésiter à demander un crédit à ma banque pour être prête à honorer l'accord. En contrepoint de cela, je devais insister pour avoir les documents afin de connaître la créance réelle et accepter ensuite de payer pour la mémoire du défunt.

« Détachez-vous, élevez-vous, prenez de la hauteur, me conseilla-t-elle. Arrêtez le montant de la transaction. Vendez Marrakech, puis allez voir le directeur général de la BCG pour lui dire que vous êtes disposée à régler cette affaire, en précisant sur quelle base et sans dire ce que vous savez. »

Elle me sensibilisa au fait que la saisie de Marrakech était exécutoire, ce qui représentait un risque certain pour moi. Elle insista enfin pour que je ne signe aucun accord sans lui soumettre le projet au préalable.

Sur le coup, je sortis euphorique. Je m'étais laissé convaincre de l'intérêt de classer ce dossier en payant à la BCG le montant qu'elle voulait pour vivre ma vie. Mais qui pouvait faire entendre raison à la banque ?

Quand elle sut un jour que le comité des risques avait refusé mon offre, elle entra en colère. « La banque doit accepter qu'il y ait une partie qu'elle ne récupérera jamais et elle doit renoncer explicitement au jugement contre vous ». Elle trouva inadmissible qu'une banque ferme ainsi toutes les portes et me dit qu'il était temps de passer à une phase offensive. On était devant un cas d'injustice flagrant et nous étions en droit de demander des dommages-intérêts pour préjudice et harcèlement. Elle me promit de tenter de voir l'avocate de la BCG. La déontologie, me dit-elle, aurait exigé qu'étant la plus âgée, c'était à cette dernière de venir dans son cabinet, mais par amitié pour notre amie commune Imane, elle accepta de faire cette démarche. Elle ne réussit jamais à obtenir un rendez-vous malgré de multiples tentatives. Je l'avais prévenue que Me Meknassi refuserait de la rencontrer, d'autant plus qu'elle avait dit à son assistante qu'elle voulait la voir à mon sujet. Cette avocate ne me pardonnera jamais d'avoir refusé de la rencontrer la semaine qui suivit l'éclatement de cette affaire. Elle me rendait ainsi la monnaie de ma pièce, sans penser à la qualité de la femme et de la consœur qu'elle repoussait de cette manière indigne.

La communication n'étant plus possible avec la banque, Me Chahmi me conseilla de leur envoyer d'abord une « mise en demeure comminatoire » (destinée à intimider, menaçante, me dit le dictionnaire) pour leur signifier qu'ils abusaient de la situation. Cette action devait se faire en contrepoint de l'effort à continuer pour trouver un bon médiateur de qualité dans le cercle de mes relations.

Elle me prépara à envisager que tous les coups seraient permis dans cette partie qui serait certainement très dure, car la BCG ne pouvait accepter une défaite. Elle me répéta à quel point ce que je vivais lui paraissait très dur. « Très, très dur », insista-t-elle et qu'il fallait avoir les nerfs très solides pour supporter cela. Je lui répondis en citant un vers en arabe que j'ai gardé de mes années de lycée pour dire qu'on se bat par nécessité sans être pour autant un héros.

## - 11 -

« Vous n'avez cessé d'essayer ? Vous n'avez cessé d'échouer ? Aucune importance ! Réessayez, échouez encore, échouez mieux. » Samuel Beckett

Je fus avisée officieusement (par un "veilleur-dormant" au tribunal...) de la décision d'une vente aux enchères du bureau de la SCR qui était le siège du fonds de commerce de cette entreprise sans que la banque ou le tribunal n'aient pensé à me prévenir.

Après les refus successifs des deux avocats que j'avais contactés, je me tournai vers Me Mellali qui défendait les dossiers de la SCR du vivant de Younès. Je n'avais pas pensé à lui tout de suite, car il n'était pas bilingue. Amine avait tenu à me mettre en garde. Le droit commercial étant complexe, je devais veiller à ne pas prendre quelqu'un qui ne maîtrise pas très bien la langue des textes proposés par la banque ou par son avocate. J'eus donc peur au début qu'il ne soit pas à la hauteur de la redoutable représentante de la BCG, mais je n'avais pas d'autre alternative.

Il accepta de me recevoir et je soufflai de soulagement en l'entendant me dire qu'il serait heureux de me conseiller et de me défendre. C'était un bon avocat et nous trouvâmes un moyen de communiquer dans une langue médiane. J'étais heureuse de lui passer le relais, car mon mari en était assez satisfait. J'étais usée de me battre toute seule et fatiguée de mes recherches tous azimuts !

Comme ses autres confrères, il trouva que l'affaire était vraiment trop compliquée pour que j'abîme ma santé. Il me promit toutefois d'étudier le dossier et de me donner rapidement une réponse à la condition que je lui amène le désistement de mon premier avocat.

J'eus un désaccord avec lui lors de notre première entrevue et nous avons évité tous les deux d'épiloguer sur un point délicat. Il mit en avant l'obligation en islam pour les héritiers de payer les dettes après le décès d'un proche. Je me contentai de rappeler le verset « Nul ne portera le fardeau (responsabilité) d'autrui », ce qui ne m'empêchait pas de me battre pour un legs moral.

Il me donna de judicieux conseils et projeta de demander une expertise ainsi que l'annulation des jugements contre la SCR (le premier permettait à la BCG de recouvrer sa créance et l'autre de disposer du fonds de commerce de la société).

Il para d'abord au plus urgent, à savoir bloquer la vente aux enchères du bureau de l'entreprise. Il obtint cela très rapidement en allant voir le président du tribunal pour l'informer d'un vice de procédure, au motif que je n'avais pas été prévenue. Le président appela l'huissier qui était chargé de la notification. Il lui donna une leçon mémorable quand il eut la confirmation que ce dernier avait "oublié" de me prévenir. Ce fut ma première victoire et j'en fus grisée. Je n'en revenais pas ! On pouvait casser une action pourrie !

Je sortis démoralisée de l'entrevue qui suivit. Me Mellali soutint d'abord avec force que le premier contrat restait valable puisque le crédit avait certainement été utilisé, et ce, même s'il n'était pas signé, et affirma ensuite que les héritières, propriétaires ensemble de la SCR, étaient solidaires du paiement de toutes les dettes de l'entreprise. Ce fut un jour noir pour moi.

"*Quel c--* !" me dis-je en moi-même à la bibliothèque Al Saoud où j'appris quelques semaines plus tard que les deux arguments étaient faux.

Il commença par procéder à une "sommation interpellative"[12] afin d'obtenir de la BCG les preuves de ce que je devais réellement. Il précisa que je ne refusais pas de payer ce qui m'était réclamé, à condition d'en connaître le montant exact et d'avoir le justificatif qui prouverait cela. Je découvris à cette occasion comment les choses fonctionnent habituellement. L'huissier a cherché à me voir pour me demander ce que je voulais qu'il mette dans son rapport.

— Dois-je écrire que la BCG a refusé de coopérer ou parler de la créance ?

— Je veux que vous disiez la vérité, eus-je la naïveté de répondre.

Je n'étais pas encore au fait des pratiques courantes en pareille situation. Quand l'avocat me transmit par la suite le rapport de cet huissier, il m'apparut clairement que ce dernier avait été mieux compris par la partie adverse. Il ressortait de ce document que la banque me poursuivait en tant que caution hypothécaire de la SCR, car elle avait un jugement contre cette entreprise en sa faveur.

Me Mellali réussit à dénicher à Marrakech le deuxième contrat de crédit dans lequel j'avais donné ma caution en deuxième rang sur ce terrain à la BCG et il confirma qu'il prouvait sans équivoque possible que mon terrain était perdu.

Il retrouva ensuite l'avis pour la vente du terrain de Marrakech. Il avait paru sur un seul journal en arabe, très peu lu, dans une édition du dimanche. Il releva une anomalie significative qui créait la confusion, à savoir un faux numéro du titre foncier, ce qui entraînait la nullité de cet avis. On pouvait également contester la décision de la vente pour méthodes frauduleuses du fait que je n'avais

---

[12] Sommation interpellative : Mise en demeure par acte d'huissier de justice exigeant une explication ou une réponse rapide à une question/interrogation.

pas été prévenue en tant que caution alors que la banque connaissait mon adresse.

Malgré des qualités certaines de juriste, un premier couac avec cet avocat intervint quand il me fit part d'une idée qu'il défendit âprement. Il voulait que j'accepte d'initier avec ma fille une action sur deux axes : attaquer en même temps la BCG et l'entreprise en la personne de son gérant. Je fus révulsée d'entendre cela. Il m'exposa quelques articles de loi pour justifier son choix de cet angle d'attaque, mais pendant tout le temps qu'il parlait, je hochais la tête pour bien montrer que je n'étais pas d'accord, ce qui eut le pouvoir de l'exaspérer. Je ne pouvais imaginer, une fraction de seconde, attaquer la société et… son gérant !

Il m'informa ensuite qu'il allait envoyer une lettre au tribunal de commerce de Marrakech et ne me parla pas de sa teneur. Un long silence s'ensuivit. Pour tromper notre attente, il me parla de la nécessité de faire une expertise pour connaître la valeur actualisée de mon terrain et me conseilla d'aller sur place pour demander à un expert indépendant de l'évaluer. La réponse que ce dernier me donna restera un moment fort qui m'a ouvert les yeux sur la rapacité de certaines personnes en qui j'avais confiance. Le terrain valait, en effet, le double du prix qui m'avait été donné par l'ami Abdou !

Cet événement me remit en mémoire un détail que j'avais complètement occulté. Pour justifier l'aide qu'il m'apportait auprès de la direction de la banque, j'entendis un jour Youssef affirmer à Amine avoir dit au directeur du contentieux : « Libérez cette pauvre femme. Vous savez bien que son terrain vaut le double du montant dont vous parlez. »

*"Dieu du Ciel ! La BCG le savait et c'est pour cela que le montant de la transaction coïncidait avec le prix qu'Abdou m'avait annoncé ! Et c'est pour cette raison aussi que la banque avait proposé de l'acheter !"*

Je n'aurais jamais pu imaginer que la malhonnêteté puisse atteindre ce sommet et s'allier à autant de malfaisance. Devant mon désarroi, l'expert me prit en sympathie et il me donna les coordonnées d'un de ses amis, un professeur de droit commercial, spécialiste des litiges bancaires.

Cet homme, Me Chajri, me promit de faire triompher ma cause. Il fit de rapides commentaires en jetant un regard sur les documents que je lui remis. Il affirma pouvoir annuler le jugement au vu des irrégularités criantes qui lui apparurent à la suite de ma présentation et au survol des documents, affirmant qu'il avait déjà gagné un procès pour les mêmes raisons. Quand arriva le moment de parler des honoraires, il m'exposa deux possibilités : soit garder mon avocat à Casablanca et lui, sur Marrakech, soit le prendre lui, tout seul. Dans le second cas, il réclamerait vingt pour cent de la valeur des biens récupérés et des dommages-intérêts qu'il me présenta comme certains. Dans le premier cas, il partagerait avec l'avocat de Casablanca et accepterait dix pour cent de commission. Il me vanta les mérites de l'avoir à ses côtés en me faisant miroiter l'intérêt d'avoir comme défenseur quelqu'un qui connaissait tous les pontes de la magistrature, président du tribunal compris, et toute l'élite marrakchie.

Je ressentis une gêne extrême à parler à notre avocat du marché de son confrère de Marrakech. Quelle ne fut ma surprise de voir ses yeux s'illuminer ! Il me dit, le plus naturellement du monde, qu'il avait lui aussi ses entrées à Marrakech et qu'il n'y avait pas lieu de dédoubler mes frais. J'appris de Me Chahmi (qui continuait de me conseiller) que cette rémunération en fonction du résultat judiciaire était une pratique illégale du nom de "*pacte de quota litis*", mais pouvais-je refuser ?

Me Mellali me communiqua la réponse du président du tribunal de commerce de Marrakech et je sus enfin qu'il avait écrit à ce dernier pour demander l'arrêt de la vente du terrain. Je lui avais pourtant dit qu'on avait déjà obtenu cela ! Cela me mit hors de moi, d'autant que le président du tribunal de Marrakech lui répondit avec une touche d'humour sous-jacente : « Nous avons l'honneur de vous informer que le blocage de la vente aux enchères que vous demandez est déjà effectif suite à une demande de l'avocate de la banque. »

Cette lecture me fit comprendre que je perdais mon temps. Le lendemain, je revins à son cabinet et demandai une lettre de désistement sans en avoir parlé à personne et sans avoir un avocat de recours. J'étais sans avocat en face d'un mastodonte financier de la place.

- 12 -

« C'est ce qui échappe aux mots que les mots doivent dire. »
Nathalie Sarraute

J'atteignis rapidement un état de délabrement physique inquiétant et m'enfermai plusieurs jours dans ma chambre. Mes sœurs vinrent me voir, alertées par mon silence et par mon refus de répondre à leurs appels téléphoniques. Je passai une journée de dimanche sereine avec elles, acceptant même de faire une marche sur la corniche. La maison retentit de musique et de paroles. Le déjeuner que nous préparâmes ensemble fut propice au rire et aux confidences. Je leur racontai, entre autres, ce que je venais d'apprendre incidemment : une femme que je connaissais m'avait demandé confirmation si mon terrain à Tit Mellil allait vraiment se vendre aux enchères, car elle voulait l'acheter pour son fils. N'ayant jamais parlé à personne de l'existence de ce terrain et encore moins de la saisie qu'il y avait dessus, elle ne pouvait avoir eu l'information que par la banque ou l'avocate de cette dernière. Je ne pus m'empêcher de lui dire :
« Tu as ma parole que si on me laisse vendre ce terrain normalement, c-à-d si on me le rend, ton fils sera prioritaire, mais au cas où il se vendrait aux enchères, je maudirais tous ceux qui l'approcheraient de près ou de loin. »
J'ajoutai avoir lu que, dans un cas pareil, la malédiction portait sur trois générations. Je la vis changer de couleur et elle jura qu'elle n'y penserait plus jamais.

*"Décidément, il y a une forme de violence atavique toujours pête à se manifester !"* pensai-je amusée. Mes sœurs me firent parler, m'écoutèrent et essayèrent de me faire comprendre que l'unique priorité devait être ma santé. J'admis qu'il y avait une seule solution : mettre une distance entre moi et la lave qui voulait me dévorer en veillant à ne pas ignorer ma flamme intérieure qui saurait me guider vers l'essentiel.

Je pris la décision de faire une pause, d'autant que je vivais un grave mal-être. J'avais une curieuse impression depuis un moment que les amis commençaient à se lasser, car mes soucis duraient depuis trop longtemps. Ils avaient été très présents au début, mais un malaise s'installa peu à peu quand la tension larvée entre Youssef et moi devint perceptible. Ils étaient trop impliqués avec lui sur le plan social, mondain et affectif. J'osai glisser un jour à Elke au téléphone que son mari me paraissait vouloir s'éloigner de notre problème. Elle ne nia pas. Avec la franchise qui caractérisait notre relation, elle ajouta qu'il était un peu fatigué et que mon problème traînait en longueur. Cette révélation me plongea dans une tristesse incommensurable. Je n'aurais jamais imaginé cela !

J'étais assez lucide, au vu des notes que j'avais prises, qu'il m'avait accordé un temps vraiment énorme et précieux. Il avait été d'une patience et d'une pédagogie rares pour m'aider à comprendre et à avancer dans cette aventure hasardeuse au possible. Mais la perception des choses est différente selon le côté où la vie nous place. Quand l'un rame pendant que l'autre fait une régate ou une croisière, il arrive un moment où l'on doit accepter qu'il soit difficile d'allier les larmes au rire.

Je n'avais aucun grief, même pas contre la personne qui m'avait porté les coups les plus douloureux. Ils étaient tellement graves que je décidai de les gommer à jamais de mon esprit. Lui répondre ou enregistrer ce qu'elle avait dit délibérément pour consolider son aire privée, c'était donner une valeur à ce qu'elle avait dit ou pensé. Je préférai lui laisser la liberté d'agir à sa guise, car cela me donnait celle de m'éloigner en reconnaissant que je m'étais trompée. Rétrospectivement, je me dis que cet éloignement a été une bénédiction. Quand je lui demandais de l'aide et que je me retrouvais dans un désert sans écho, mon dossier comportait encore beaucoup de parties obscures et brumeuses et j'étais disposée à céder de manière inconsidérée plus que de raison. Ma marche solitaire forcée fut finalement bénéfique.

J'ai pour habitude de me battre, mais l'éloignement de mes amis, ainsi que mes déboires avec les avocats et le poids manifeste de la banque me donnèrent envie de capituler et de passer à autre chose pour ne pas altérer davantage ma santé ou mon équilibre. Ce n'était pas de la résignation. Je n'aime pas ce mot, du reste, parce qu'il y a une part de fatalité et de soumission à l'inéluctable sur quoi l'on n'a aucune prise. Je préfère de loin le mot acceptation de ce qui me dépasse.

Je me persuadai que je n'obtiendrai rien de la BCG et décidai de ne pas passer le reste de ma vie à affronter ce casse-tête. Je choisis d'arrêter ce combat douteux. Ma fille ne fut pas de cet avis. « C'est un combat sans merci m'man, mais certainement pas douteux ! »

Elle me pria de prendre le temps que je voulais pour me ressourcer, mais qu'il fallait continuer cette lutte juste face à la pieuvre tentaculaire qu'était la banque.

- 13 -

« Les fleurs du printemps sont les rêves de l'hiver. »
Gibran Khalil Gibran

**Année 2005**

Pour sortir de la parenthèse de vie dans laquelle les événements m'avaient placée, je retrouvai le goût de me plonger dans une vie sociale que j'avais limitée au seul règlement de mon problème de succession. J'eus du plaisir à faire des randonnées avec de nouveaux amis ou à programmer des sorties culturelles dans différentes villes selon les invitations que je recevais. Je retrouvai également le chemin d'un engagement sociétal en faveur des plus démunis. Je m'impliquai ainsi dans le cadre d'associations qui œuvraient pour héberger les femmes qui venaient de loin pour des soins intensifs (cancer essentiellement) ou pour aider les habitants de coins reculés livrés au déchaînement de la nature en participant activement à des caravanes humanitaires.

En contrepoint de cette activité, je m'étais investie dans l'écriture d'articles que je proposais à *La Nouvelle Vigie,* un journal qui se voulait en état de veille pour les situations à changer ou les projets qui tardaient à venir ou à prendre forme. Son directeur, Houssam, que j'avais rencontré à l'inauguration du siège de la BCG m'avait encouragée à me manifester dans son hebdomadaire. Mes rencontres avec ce brillant journaliste se firent d'abord dans un cadre professionnel. J'avais été le voir un jour pour lui proposer un article sur le silence des intellectuels arabes et de notre discussion naquit un élan spontané tant nos avis étaient convergents. Il accepta avec enthousiasme le sujet qui suivit et qui était pour moi un objet d'intérêt permanent. Il s'agissait du danger de la télévision pour les jeunes enfants avec les deux axes les plus redoutables : la violence dont les limites étaient toujours repoussées un peu plus et la pornographie pernicieuse et dangereuse pour les préadolescents peu encadrés. Il m'accorda une tribune libre hebdomadaire sur les sujets de mon choix. D'article en article, nos rencontres au journal furent suivies de sorties et une complicité s'installa à laquelle je refusai de donner un autre nom que celui d'amitié. Il était si jeune par rapport à moi que je n'avais vu aucun risque à accepter ses invitations. Des cadeaux suivirent qui me remplissaient de joie après m'avoir laissée perplexe. Celui que j'eus le plus de peine à refuser fut un séjour à Fès pour couvrir avec lui le Festival des Musiques sacrées. Il m'inspira tout de suite un poème que je ne me résolus pas à lui envoyer.

### AURORE BORÉALE

Recevoir réchauffe un cœur en hibernation.
Un soleil d'hiver fait que la vie se manifeste
Pour convaincre de l'innocence du geste
Et de la noblesse du cœur et de l'intention.

Mais comment traduire l'acte d'offrir,
Quand on a si peur de (faire) souffrir ?
Est-ce un pont patiemment tissé ?
Ou un pont-levis qui n'aurait dû être baissé ?

Accepter quand on devrait ne pas céder,
Tel est le dilemme qui éparpille les idées.
Ce serait si doux de canaliser un rêve :
Fermer* les yeux et faire avec soi une trêve.
(* variante : "ouvrir")

LINE ACCESS

La signature se voulait être un clin d'œil, car il aimait m'appeler « L'Inaccessible ». Je ne demandais pourtant qu'à me tenir avec lui, non pas dans le cercle de l'éclipse où il croyait que je me confinais, mais dans l'ellipse où je me donnais toutes les libertés choisies. Après son invitation, je pensai lui répondre par mail, mais je ne me résolus pas à envoyer celui qui avait fusé d'un jet.

Très cher Houssam,
J'aurais aimé t'envoyer des bulles légères pleines de mots qui se seraient échappés de l'enclos où je tente de les murer parfois.

J'aurais adoré faire avec toi l'ouverture et la clôture du festival et m'émerveiller de ce que la vie nous offre comme beauté et harmonie, admirer jusqu'où on peut aller dans la recherche du beau et de la perfection.

J'aurais aimé être à tes côtés pour partager la magnificence de ces dix jours du Festival des Musiques Sacrées à Fès. Faire le pas d'aller à cette manifestation mythique m'aurait mise au cœur des pulsations de la vie.

J'aurais aimé vibrer et établir en moi des rythmes qui équilibrent ma musique intérieure, cette musique qui s'entête à être silencieuse parce qu'elle se trouve en butte aux "bruits" et percussions du monde.

J'aurais adoré être dans cette ruche que va être l'hôtel J. qui va devenir le centre de ré-percussion culturelle de l'heure et me saouler de rencontres, de paroles, de spectacles, moi qui suis férue de culture et de dépaysement, mais qui me confine dans le banal et l'ordinaire.

Mais, je manque de courage et suis désespérée d'avoir à le dire et de ne pouvoir lutter contre cette faiblesse qui annihile ma volonté et mes élans.

J'ai voulu pourtant me faire violence tant le programme et les perspectives qu'il annonce sont passionnants.

J'ai passé des journées entières sur internet à tenter de connaître les composantes du programme. J'ai eu des coups de cœur pour le choix éclectique des troupes et artistes des quatre coins du monde et pour les tables rondes aux thèmes si riches.

J'ai (dé)fait plusieurs fois le programme de mon séjour à Fès.

Je suis désespérée de devoir prendre la tangente. Le cercle de la vie n'est décidément pas pour moi.

Il y a un dernier verrou que je pensais avoir réussi à faire sauter. Il me résiste plus que prévu. Ce n'est pas une porte close, mais une fenêtre par laquelle je n'ose m'échapper ou me délivrer de moi-même.

J'aurais aimé être plus simple ou plutôt que la vie soit plus simple.

J'aurais tellement aimé t'offrir une amitié moins tourmentée !

Celle que je t'offre est peut-être complexe, mais je t'en prie, fais l'effort de me comprendre. Je ne me pardonnerai jamais cette dérobade pour le plaisir escompté dont je me prive et pour la déception que je te cause.

YASMINA

Il ne me tint pas rigueur pour cette défection et il obtint que j'accepte d'aller avec lui au théâtre Mohammed V pour un spectacle unique de Mahmoud Darwich. Nous prîmes l'habitude de nous retrouver régulièrement dans les manifestations culturelles ou les marches matinales du dimanche. Rapidement, je m'habituai à l'avoir à mes côtés et je fus étonnée de me réconcilier avec le plaisir des pas accordés, des échanges et du rire.

Arriva un moment où je fus fatiguée de fuir. Au milieu des chardons de mon cœur en friche, un coquelicot tenace, fragile, se maintenait pour me rappeler l'éphéméride qui me narguait inexorablement ainsi que la beauté, la fragilité, la fugacité de l'éphémère. Je ne savais pas quel nom mettre sur la réalité de mes sentiments à son égard, mais ce que je savais, c'est que je ne pouvais plus continuer à me mentir. Le bonheur qui redonnait vie à mon cœur à chaque fois que j'allais au creux de ses mots ou au-delà de ses gestes m'imposait une évidence me concernant et mettait en lumière ma vérité.

Cette crique du bonheur où j'évoluais me comblait. Cet homme avait coloré ma vie par petites touches impressionnistes et réussi à estomper le gris que le *"hanine"* voulait maintenir. Le réconfort que j'éprouvais en sa présence surpassait tout ce que mes proches et amis réunis m'avaient prodigué. Cela m'amenait à penser et dire que sa présence dans mon parcours de vie était inscrite depuis toujours en moi. Son image ne me quittait pas. À mon réveil, à tout moment dans la journée, même quand j'étais entre les mains de Dieu en pleine prière.

Cette proximité de cœur me ravissait et me désespérait en même temps, car après un court moment d'exaltation, je revenais vers la réalité que cette relation était sans issue. Un sentiment de blocage persistant m'habitait au point que j'en tombai malade.

Quel sens donner à ma vie ? J'essayais d'en esquisser les contours qui m'apporteraient la paix de l'âme, mais il y avait des moments où je voulais de toutes mes forces reléguer le salut de mon âme au second plan. Je n'arrivais pas à me résoudre de laisser filer ces espérances entr'aperçues fugitivement et qui revenaient me ravir dans mes rêves. J'avais envie de me laisser aller à suivre les injonctions de mon cœur de "vivre ma vie" et trouvais des charmes tentants au *carpe diem*.

"*Un homme plus jeune ? La belle affaire ! Un homme marié ? Et alors !* me susurrait mon cœur. *Il y a une solution à tout…*

*Et si, avec le temps il me proposait…"*

Au début, je n'osais aller au bout de cette pensée, mais devant l'embrasement de mon cœur à l'idée de le perdre et la folie de certains soirs de solitude, je me laissais aller à imaginer qu'il me proposerait d'accepter le principe de la polygamie par le biais d'un mariage selon le droit coutumier, engagement devant Dieu en présence de deux témoins. Je ne me reconnaissais pas quand je trouvais des charmes à cette idée.

"Mon Dieu ! Qui aurait cru que je pouvais envisager de vivre dans l'ombre et sans statut défini !"

C'était tellement insensé à imaginer que je me trouvais très vite des raisons de ne pas me laisser porter par cette déferlante qui voulait laminer les anciennes convictions. Pour endiguer ce courant violent qui m'entraînait dans son sillage, je m'étourdissais alors de sorties : des activités culturelles, des dîners avec des amies, de courts voyages, mais j'étais consciente que tout cela n'était qu'un ersatz de vie !...

Je finis par comprendre qu'il ne me serait plus possible d'envisager la vie sans lui. Il m'importait peu de savoir le temps que durerait cette histoire. L'essentiel était que je la vive, qu'elle ait un sens. J'avais envie de me laisser emporter dans le tourbillon des désirs de Houssam. La différence d'âge, les convenances, j'y penserai plus tard ou plutôt... je laisserai les autres y penser à ma place. Et puis, qui oserait dire que cette relation perturbait l'ordre établi ?

Une période dense s'ensuivit ponctuée de passion et d'engagement...

La trêve du cœur fut de courte durée, car un grain de sable vint broyer l'espérance naissante. Nous n'arrivions pas à être sur la même longueur d'onde pour un problème essentiel. J'étais libre et il était doublement entravé. Il était marié à la fille d'un magnat de la presse à qui il devait sa carrière et sa position sociale. Elle s'accommodait du vide affectif dans lequel ils vivaient depuis des années, mais sa botte la plus sûre était un drame qu'ils partageaient depuis la naissance d'une fille handicapée. Il savait qu'elle se vengerait en le privant de cette enfant qu'il adorait et qui avait grandement besoin de lui.

Ses incertitudes et son incapacité à trancher finirent par me lasser. Je repris ma liberté sans aucun regret pour cette belle embellie dans ma vie. Ce bonheur, pour fugitif qu'il fût, m'avait aidée à me ressourcer dans une véritable oasis de paix.

Les circonstances m'offrirent comme seule voie possible la traversée d'un désert aride et éprouvant sans aucune ouverture sur la vie autre que celle de faire aboutir un combat dont on m'imposait les règles et la durée...

« Je crois beaucoup en la chance ; et je constate que plus je travaille, plus la chance me sourit. » Thomas Jefferson

**Août 2006 à Mars 2007**

Je ne sais pas où j'ai puisé la force de me redresser. Peut-être dans une forme de sérénité de survie qui aide à avancer. Un hasard heureux mit sur mon chemin un informaticien que Ghizlaine me présenta comme un génie de l'électronique. Je lui demandai s'il pouvait débloquer l'ordinateur portable de mon mari. Cela lui prit du temps, mais je fus émerveillée de le voir récupérer l'ensemble des données qui s'y trouvaient. Je fus toutefois effrayée par ce que je découvris sur les disquettes qu'il m'avait remises : des centaines de pages de tableaux, sans aucun repère pour moi ou la moindre explication qui pouvait m'aider à avancer dans ce labyrinthe. J'en fus accablée, car je ne pouvais me raccrocher à rien pour comprendre. Je n'avais aucun moyen de faire parler les chiffres.

Il me fallait le bout de cette pelote enchevêtrée à l'extrême. Je laissai mon bouillonnement décanter un peu, puis revins vers ce magma. Je partis d'un postulat simple. Un crédit ne peut être octroyé par une banque sans un contrat et ce contrat devait forcément stipuler clairement le montant des échéances.

Deux des contrats de crédit, soi-disant impayés selon la BCG, avaient été retrouvés à Marrakech. Mais comment faire pour trouver le troisième qui devait être capital puisque c'était celui du dernier crédit de la SCR. La solution était peut-être au tribunal de commerce de Casablan-

ca. J'y fis un saut, entrai crânement avec la foule des avocats et eut accès à mon dossier. Aucun contrat ne s'y trouvait. Un jour, en voulant remettre l'ordinateur dans sa sacoche, un détail attira mon attention. Un dossier dépassait d'une poche. Je le sortis et vis que c'était un contrat en plusieurs exemplaires. Je feuilletai rapidement l'un d'eux. C'était bien celui que je cherchais !
D'après le titre, c'était un crédit de restructuration. Je me promis de chercher à savoir ce que cela voulait dire. J'appris ensuite que le titre foncier du terrain de Tit Mellil qui était saisi n'était pas donné en hypothèque, mais simplement déposé auprès de la BCG. Je restai fascinée et sidérée un long moment. J'avais enfin la réponse à une question que je m'étais souvent posée sur la raison pour laquelle la saisie de ce terrain était simplement conservatoire. Elle n'avait jamais été transformée en saisie exécutoire, car la banque n'avait en fait aucun droit sur ce bien !
La vue de la dernière page me donna des palpitations. Le contrat n'était pas signé ! Ni par Younès, ni par moi en tant que caution comme l'affirmait la banque.
Je découvris que le représentant de cette dernière qui avait signé à l'époque de l'octroi de ce crédit en sa qualité de chef d'agence n'était autre que Kamouni qui était devenu le directeur des risques, chef hiérarchique du directeur du contentieux. (Depuis deux ans que je n'avais mis les pieds à la BCG, je ne savais pas qui avait remplacé Mafdouhi, mon interlocuteur attitré au début du litige.) Un autre mystère se levait enfin !

Je fus de nouveau habitée par mon désir d'aller à la recherche d'un surcroît de justice et de dignité. Je bannis de ma tête les anciennes idées d'impuissance ou d'abandon du combat pour ne garder que le mot injustice comme un puissant moteur pour mettre à nu ces êtres masqués qui se croyaient au-dessus de la loi. J'avais le devoir de rester debout et de protéger ma fille.

Je m'attelai tout de suite à la tâche ardue qui m'attendait. Je notai le montant des échéances des trois crédits et essayai de les retrouver sur les tableaux récupérés. Des semaines d'un travail acharné de chaque instant qui écourta mes nuits et me mina finirent par livrer le secret enclos dans les chiffres. Partie d'un degré zéro de connaissance de mon dossier, je pus reconstituer, maillon après maillon, la chaîne des remboursements effectués de manière certaine.

Une découverte me foudroya. Deux crédits sur les trois qu'on m'opposait avaient été totalement remboursés ! Il ne restait à payer qu'une partie du dernier crédit de la SCR ! Je n'arrivais pas à croire que la banque, et Youssef surtout, aient pu faire preuve à notre égard d'autant de malveillance.

*"Que la BCG le fasse, passe encore ! C'était une institution financière dont le seul but était de faire fructifier ses avoirs par tous les moyens (dans l'esprit de certains dirigeants), mais Youssef ! Un ami qui se disait un frère ! À supposer qu'il n'ait eu aucun égard pour moi, mais la fraternité choisie qui le liait à Younès ? Mais la fille de Younès ! Comment avait-il pu accepter de participer à sa dépossession ! Comment a-t-il pu oublier toutes les recommandations de notre religion à propos des orphelins ! Quand je pense à son obsession de me recommander de payer vite !"*

Il me fallut du temps pour accepter l'idée d'une mauvaise foi aussi flagrante de la part des dirigeants de la BCG. Une douce exaltation suivit cette incrédulité. Je tenais la première faute grave de la banque. Mais comment la faire valoir ?

L'euphorie consécutive à cette découverte ne dura pas longtemps. Je fus envahie par un sentiment prégnant de ne pouvoir faire déplacer les pieds du colosse (j'ai failli écrire "molosse").

Je m'installai à nouveau dans une torpeur qui inquiéta Ghizlaine. Je me découvrais seule, sans avocat pour me défendre et je n'en pouvais plus d'être constamment à la recherche de la perle rare. Ma fille me prit rendez-vous avec un médecin qu'elle connaissait. Il me reçut quelques jours plus tard et après m'avoir écoutée et auscultée, il prit le téléphone et appela, sans même me demander mon avis, un ami à lui qu'il me recommanda, Me Bassou. (Ce ne serait que le quatrième !)

Après avoir écouté les principales lignes du litige que je lui exposai, ce dernier me dit que le plus urgent était de faire une requête en référé au président du tribunal pour demander une expertise judiciaire du compte de la SCR. Il fallait les relevés du compte courant[13] de l'entreprise pour connaître la situation avant et après le décès de son gérant. Il m'affirma qu'il se faisait fort d'obtenir un expert sérieux qui ne s'achetait pas. Il eut une réponse positive en douze jours. L'expert Faraj fut choisi par le tribunal pour statuer sur notre affaire.

Comme j'avais très peur que cet expert judiciaire ne soit influencé par la banque, j'émis le désir d'aller le voir. Me Bassou m'interdit de faire cela et se mit à hurler contre moi quand je voulus continuer à en parler. Je sortis complètement décomposée de son cabinet. Dès que je fus dans ma voiture, je l'appelai pour lui dire ma révolte au sujet de sa violence. Il ne s'excusa même pas et se contenta de répondre qu'il était ainsi, très colérique, et qu'il ne fallait pas m'en formaliser. Je téléphonai à mon frère qui m'était toujours d'une précieuse aide pour trancher face à un dilemme. Il fut scandalisé par l'attitude de cet homme. Il m'expliqua que j'avais l'obligation d'aller voir l'expert. Réconfortée par l'assurance qu'il manifestait, je demandai

---

[13] Compte courant : Compte ouvert par une entreprise.

le numéro de téléphone de l'expert au 160 et obtint un rendez-vous.

Cet homme se révéla être d'une grande probité et d'une valeur morale assez rare. Je lui brossai un tableau de l'affaire qui nous opposait à la BCG et lui expliquai que je ne lui demandais rien d'autre que d'écouter ma version des faits pour se faire une idée juste de la situation en complément des documents que je lui remis (contrats de crédits et justificatifs de la BCG déposés au tribunal pour initier son action). La banque avait "omis" de lui communiquer la moindre information. Elle mettra du reste un temps très long à lui donner les relevés de la SCR qu'il demanda avec insistance.

Il m'écouta soigneusement en respectant lui aussi les moments d'émotion que je ne pouvais réfréner à l'évocation de certaines misères que j'avais eu à vivre dans le cadre de mon combat. Il se montra très intéressé par mon récit sur le travail, certes artisanal, mais se fondant sur des éléments probants, qui m'avait permis de penser que deux crédits sur trois étaient remboursés. Touché par l'injustice patente dont il me crut victime, il me promit de faire de son mieux pour diligenter la réponse attendue par le tribunal et que ce serait ce dernier qui m'aviserait du dépôt de son rapport.

Je retins son étonnement de voir que l'assurance n'avait pas joué et il me dit ne pas comprendre pourquoi la BCG refusait d'en parler. Je sortis très rassérénée de cette entrevue et heureuse pour mon pays qu'il y ait des hommes de cette trempe, rigoureux, honnêtes et justes.

Mon frère me conseilla d'écrire à plusieurs assurances et d'inclure ce volet dans notre action. Sur ce point malheureusement, je n'obtins jamais rien. Je suivis son conseil et, plutôt que d'écrire aux principales assurances, je décidai d'aller moi-même voir leurs responsables. Malgré la bonne volonté affichée de ces derniers, je n'eus aucun résultat positif, car je n'avais aucun élément en main hormis le nom de la société et l'espoir qu'avec l'informatique, on pouvait remonter jusqu'au dossier par ce seul nom ou celui de son gérant. Je faillis abandonner quand un homme spécialisé dans la réassurance me suggéra d'aller voir une assurance dont je n'avais jamais entendu parler. Il me révéla qu'elle avait un renom international et qu'elle était dirigée par la sœur d'une célèbre avocate dont il déclina le nom. J'évitai de manifester la moindre émotion à l'énoncé de celui-ci.

*"Voilà donc une assurance dirigée par Samia Meknassi, la sœur de l'avocate qui défend les intérêts de la BCG ! Mais pourquoi ne m'a-t-elle pas donné cette information le jour où je l'ai rencontrée chez Nadia après la première visite de l'huissier ? Cette dernière aussi avait omis du reste ce détail quand elle m'avait présenté cette femme !"*

Sans en parler à personne, je me rendis à l'adresse qui m'avait été indiquée. De bureau en bureau, je finis par atterrir chez le responsable qui pouvait, de manière certaine, me donner une réponse. Je fus étonnée de remarquer que derrière une affabilité très marquée, son sourire était quelque peu crispé et son regard parfois fuyant. Il fut néanmoins charmant et compatissant à l'extrême quand je parlai de mes problèmes, mais il affirma ne rien pouvoir pour moi. Il m'accompagna jusqu'à l'ascenseur et me souhaita bonne chance.

Au moment où la porte de l'ascenseur s'ouvrit, je changeai d'avis et décidai de descendre à pied. L'immeuble était cossu et très beau, et je voulais autant l'admirer que digérer ma déception de repartir bredouille. Manifestement, ils venaient d'emménager dans ce nouveau lieu. Deux étages plus bas, je passai devant un bureau non encore aménagé. La surface du sol d'une salle immense et sur une hauteur de vingt à trente centimètres était tapissée de dossiers en attente de classement. Je tendis le cou et pus lire l'étiquette qui se trouvait sur tous les dossiers : BCG !

*"Et le faux jeton qui vient de me dire qu'ils ne travaillaient pas avec cette banque !"*

Face à ce choc, je sentis mes genoux devenir cotonneux et j'ai eu instantanément des fourmillements dans tout le corps. Je m'assis sur une marche et je sortis tout de suite ma "thérapie" habituelle faite de tout ce que mon père m'avait appris à réciter dans les moments forts. Au bout d'un moment, je retrouvai mon calme, mais j'ai eu vraiment très peur.

*"Pourquoi ce mensonge ?"* Cette question fut une litanie qui m'accompagna jusqu'à la maison. Le soir, après mûre réflexion, je décidai d'abandonner cette voie. Vu le lien étroit qui liait cette assurance à la BCG, je compris que ce serait peine perdue que de rêver obtenir une réponse sur ce sujet. Il ne fallait surtout pas m'éparpiller pour économiser mon énergie. Je passai le relais à Dieu pour qu'Il jugeât, Lui, à sa convenance... S'en remettre à cette supraJustice me permettait de sauvegarder ma santé et me donnait encore plus de rage de réussir sans faire jouer ce détail, aussi important soit-il.

Me Bassou me demanda un jour de passer à son cabinet. Je compris, au son de sa voix, qu'il avait une bonne nouvelle à m'annoncer. Il m'apprit, en effet, que le rapport de l'expert judiciaire avait été déposé au tribunal. Mon sourire s'évapora très vite quand il continua et qu'il me demanda d'aller le chercher et d'exiger l'original. Je détestai ce rôle de *chaouch* à sa disposition qu'il m'avait déjà fait jouer. Il dicta une lettre dans ce sens à sa secrétaire et me suggéra de passer le lendemain prendre son stagiaire avec moi. Furieuse de cette demande, j'avançai un prétexte et proposai de rencontrer ce dernier au tribunal. Il grogna quelque chose d'inaudible, mais je n'en eus cure. J'écumais intérieurement, mais ne dis rien, craignant un nouvel accès de violence.

La lecture du rapport fut un intense moment de jubilation. Il y était noté que la BCG avait donné des relevés avec des blancs vu que plusieurs périodes n'apparaissaient pas dans le listing qu'elle avait remis. Il était également tronqué des trois mois précédant la clôture du compte courant de la SCR. Malgré ces blancs, l'expert put prouver, sans conteste, la mauvaise foi caractérisée de la banque. Les relevés contenaient la trace irréfutable que les deux premiers crédits étaient bel et bien remboursés et que le dernier l'était en partie.

Ce rapport montrait en toute objectivité et avec force détails qu'à l'évidence j'étais privée injustement, par des manœuvres frauduleuses, de la jouissance de mes biens depuis six ans. Il avait apaisé une ancienne blessure qui pouvait enfin cicatriser. Je pensai, en effet, à une scène restée gravée en moi. Au cours d'une réunion amicale chez Amine peu après le décès de Younès, un ami m'avait blessée jusque dans l'âme. Amenée à un certain moment à répondre à des questions concernant notre dossier de succession, je vis cet homme me dire avec une grimace et un geste méprisant de la main que je n'oublierai jamais : « Ferme, ferme vite ce dossier. Il sent mauvais. » Ce jour-là, je me promis de prouver que Younès ne laissait pas des dossiers nauséabonds derrière lui. L'aube de ce jour commençait à se lever grâce à cette expertise judiciaire.

Mon avocate-conseil, Me Chahmi, me suggéra de déposer une plainte auprès du procureur. Il avait la réputation, me dit-elle, d'être un homme intègre et il ne refuserait pas de me recevoir et de m'écouter. D'après elle, la mauvaise foi de la banque et l'escroquerie étaient manifestes. Je n'arrivai pas à adhérer à cette idée. Initier une action, quelle qu'elle soit, auprès du tribunal me terrifiait. Je ne me résignais pas à abandonner l'idée d'un accord à l'amiable qui me sortirait de cette nasse.

À la suite de cet épisode heureux, Ghizlaine reprit l'idée d'écrire à la BCG Paris.

« Qu'avons-nous à perdre m'man ? Au pire, on restera au même point qu'aujourd'hui, me répétait-elle. Au mieux, et sans attacher trop d'espoirs à cette initiative, cela mettra la pression à la filiale d'ici qui se retrouvera en position délicate. »

J'hésitai à la suivre, car les personnes que j'avais sollicitées sur ce point furent unanimes. L'action n'aurait aucune chance d'aboutir. Mon instinct me soufflait néanmoins que ma fille avait raison. La maison-mère ne pouvait être insensible à des preuves que sa filiale était dans un imbroglio qui engageait sa responsabilité pénale.

Quand je fis part à mon avocat de cette idée d'alerter la BCG France sur les fautes et les négligences de leur filiale casablancaise, il la refusa catégoriquement et entra dans une colère noire qu'il laissa de nouveau exploser dans un flot de paroles qu'il n'arriva pas à maîtriser. Il fit suivre cela, comme il le faisait souvent, par de plates excuses oiseuses et inacceptables. Ce jour-là, je décidai que je ne pouvais plus continuer à accepter cette violence.

- 15 -

« Chaque homme doit inventer son chemin. »
Jean-Paul Sartre

**Mars-Avril 2007**

Juste avant la remise du rapport de l'expert judiciaire Faraj, je reçus un jour, au moment de monter chez Me Bassou, un appel téléphonique qui ne manqua pas de m'étonner. Il émanait de Kamouni, le directeur des risques de la BCG. Cet homme avait été un ami de Younès du temps où il dirigeait l'agence principale de la banque où mon mari avait son compte personnel et le compte courant de son entreprise. Une estime réciproque les liait sans oublier qu'il avait été d'une aide précieuse pour Younès face aux aléas de l'entreprise dans une conjoncture difficile. Il nous était arrivé de dîner ensemble en ville et j'avais appris à beaucoup apprécier sa femme aussi.

Ce jour-là, il affirma m'appeler en tant qu'ami et non en tant que banquier au nom de la considération qu'il avait pour mon défunt mari. Le voir m'appeler dans ces circonstances me parut étrange. Il fut tout mielleux, m'apprit qu'il avait obtenu mon numéro de Youssef Sfanji et me proposa de passer le voir à la banque.

Quand je rapportai cette information à notre avocat, il trouva que c'était une excellente nouvelle. Il me conseilla de ne jamais casser le fil entre nous et de me retrancher derrière ma fille si je me sentais en difficulté. De son côté, il envisageait de demander une nouvelle expertise pour que soient comblés et justifiés les blancs des relevés. Cela permettrait de maintenir la pression, car il était persuadé, avec la nouvelle donne, qu'il pouvait obtenir des dommages-intérêts substantiels. La transaction porterait donc sur la levée par la BCG de toutes les saisies et poursuites en cours contre l'abandon par nous de la demande de dommages-intérêts.

Commença alors un marathon avec Kamouni. Quand je fis le décompte de nos rencontres (qui eurent toujours lieu en présence de Darif) ; entre les rendez-vous et les appels téléphoniques, il n'y eut pas moins de sept heures trente minutes de discussions en un mois.

Au cours de la première rencontre, j'esquivai d'entrée de jeu un coup d'épée dans l'eau. Il affirma pour me déstabiliser, comme Mafdouhi l'avait déjà fait, que j'étais responsable avec ma fille de la succession et donc des créances de mon défunt mari. Je m'étais tellement renseignée sur ce point que je finis par connaître la réponse par cœur. Je l'envoyai donc bouler dès l'ouverture et le vis passer à autre chose. Toutes nos discussions étaient, du reste, assez décousues. Il voulait m'envoyer dans les cordes et quand je résistais et lui tenais tête, il passait à autre chose.

— Tu as refusé de concrétiser la proposition que la banque t'avait soumise dans la lettre que nous t'avions fait parvenir il y a deux ans.

Je refusai d'instinct ce tutoiement.

— Cette proposition dont vous parlez était un non-sens, car elle ne reposait sur rien de tangible. Savez-vous combien de fois la banque avait changé d'avis il y a deux ans, au cours des six mois de la première négociation ?

— J'ai mieux à faire que de penser à pareil décompte.

— Ma question n'était pas anodine. En six mois, la BCG avait changé neuf fois d'avis. J'espère que la dixième fois qui clôturera ce deuxième round des négociations que nous entamons aujourd'hui sera la bonne pour tout le monde, selon nos intérêts respectifs.

J'avais dit cela d'une traite et je réalisai que la peur qui me taraudait avant, dans ce lieu, avait disparu. Elle avait cédé la place à une très grande colère qui ne me lâchera plus.

— Je reviens à cette lettre et à notre proposition à laquelle vous n'avez pas donné suite. La BCG avait accepté d'abandonner le tiers de la créance globale, tout en maintenant sa demande de vous voir l'aider à récupérer ses cautions. Je continue à penser que c'était une bonne offre que la banque vous avait faite. Prenez conscience du montant de la différence que nous avions accepté de passer en pertes et profits. C'est énorme. Et croyez-moi que toute cette patience que nous manifestons à votre égard ne se justifie que par l'estime et l'amitié réelle que moi-même et plusieurs de nos cadres éprouvions pour votre mari, paix à son âme.

— Paix à son âme, répondis-je le visage impassible. Je tiens à rappeler que je n'étais que caution hypothécaire de la SCR, SARL. (J'insistai sur ce dernier mot pour bien montrer qu'il avait son poids.) Je ne suis donc en rien concernée par la dette de cette entreprise. Au pire, je perdrais le terrain que j'avais donné en hypothèque (mais cela est de moins en moins sûr). Par ailleurs, le tribunal a arrêté la dette personnelle du défunt Younès dans les limites de sa caution pour le crédit avec lequel vous avez initié votre action contre lui. C'est de cela et uniquement de cela que je suis consciente, M. Kamouni.

Pour la première fois, j'osai affirmer clairement ce qui serait une constante, à savoir que je ne parlerais plus que du montant exigé de Younès, c-à-d le tiers de la créance. Il correspondait à la moitié de ce que j'avais accepté durant le premier round.

Je captai un regard entre les deux représentants de la banque. Le directeur resta silencieux et son adjoint voulut me faire croire, à nouveau, à la menace d'une nouvelle action en justice. Je le regardai longuement.

— Je voulais juste vous mettre en garde.
— Regardez-moi M. Darif ! Regardez-moi bien dans les yeux ! Vous ne voulez pas comprendre que vous n'avez plus la même femme en face de vous que celle que vous avez vue pleurer il y a deux ans ?
— Euh !... Si !...
— Bon ! Vos menaces ne m'impressionnent plus ! Vous savez ce que j'ai compris ? Je ne dois rien à la banque et j'ai les moyens de le prouver. Toutefois, pour mettre fin à ce litige et clore définitivement ce dossier, nous sommes prêtes, ma fille et moi, à discuter d'une transaction à l'amiable. Je renouvelle mon offre de payer à hauteur de la somme due par M. Benhamou selon le jugement du tribunal de commerce.
— Vous savez, continua Darif, nous avons été contactés pour vendre Marrakech. On peut vendre à n'importe quel moment et sans vous.

Notre avocate-conseil, Me Chahmi, m'avait mise en garde contre ce danger réel du fait que la saisie était exécutoire. Pour garder le cap face à cette torpille, je tentai de me conforter mentalement par la trouvaille des deux crédits remboursés.

— Essayez toujours, lui répondis-je en accrochant son regard, puis je bifurquai : je suis curieuse de connaître le rapport de l'expert. Vous aurez une belle surprise.

Nous étions deux à nier avoir lu le rapport. Ils ne pouvaient pas ne pas l'avoir eu.

— La dette existe, reprit Kamouni. Vérification faite, l'encours[14] de la créance est bien celui que nous avons donné à notre avocate. Nous allons donc demander une contre-expertise et présenter de nouveaux éléments. On verra si vous parlerez toujours de vol...

— Je n'ai jamais utilisé ce mot ! Je connais le poids des mots et leur impact et je sais les peser.

---

[14] Encours : Montant des crédits en cours.

— Comprenez qu'on vous demande d'honorer la mémoire du défunt sur la base d'un historique et de chiffres réels.
Devant une impasse dans nos échanges, il sortait souvent la carte de l'amitié. Je restai sur mes gardes, car je percevais en lui quelqu'un qui défendait d'abord ses actions passées et son bilan. Je ne voulais aucune proximité avec cet homme, mais cette main amicale qu'il me tendait, je la saisissais pour donner à mes phrases, parfois épineuses, un ton qu'il accepterait. Il enchaîna avec un sourire affiché :
— Ne prenez pas les choses à cœur. Oublions la banque, oublions l'avocate. On réfléchit tous les deux, comme vous l'avez dit au début, au mieux de nos intérêts respectifs.
Il me rappela alors (comme il le fera souvent) à quel point la BCG avait accompagné la SCR. Ce à quoi je répondis que j'en étais consciente et reconnaissante. Je le remerciai donc pour son attitude passée, mais ne manquai pas de rappeler que c'était le rôle de la banque d'accompagner les PME[15].
— Si vous permettez un conseil d'ami. Pensez à payer les dettes du défunt pour qu'il repose enfin en paix. Dès que vous aurez payé, nous lèverons toutes les saisies.
— C'est dans cet esprit que je propose de vous régler le montant arrêté par la justice pour Younès. Pour qu'il repose en paix là où il est.
— Vous plaisantez ! Faites-moi une proposition qui ne se refuse pas. En fait, vous savez, nous, nous avons déjà été payés.
Dès qu'on entrait dans le vif du sujet, la tension montait d'un cran et allait crescendo. Il se lança dans une explication hermétique pour moi, car trop technique, sur la manière qu'avait *Bank Al Maghrib* de compenser les pertes

---

[15] PME : Petites et moyennes entreprises.

des banques. Ne comprenant rien à son discours, je pris des notes pour faire des recherches plus tard. Il fut suffoqué de voir que j'écrivais parfois à l'aveugle en le regardant. Il ne pouvait deviner que l'observation des expresexpressions de son visage m'était précieuse. Sa gestuelle, son regard, les regards qu'il échangeait avec son comparse, tout m'était utile. Il revint sur le montant de leur offre et expliqua que la BCG excluait d'accepter moins des deux tiers de la créance en plus des cautions.

Je relevai pour la première fois ce chiffre dans sa bouche. Il était bien moindre que celui de la lettre qui m'avait été envoyée deux ans plus tôt. J'avançais donc. Il se lança alors, à l'adresse de son adjoint, dans une violente diatribe contre l'avocate qui les défendait. Je nuançai ses dires.

— Me Meknassi est la meilleure sur la place et vous le savez. Il n'y a aucune faute dans son parcours à propos de ce dossier. N'importe qui aurait perdu pied d'avoir à se battre avec des données tronquées, voire faussées (je dis cela très vite). Sa seule erreur a été de m'avoir sousestimée, comme vous du reste.

Il se tourna vers Darif et baissa le ton d'un cran de sorte que je n'entendis pas tout ce qu'il avait dit. Je retins seulement qu'il parlait de l'avocate et des dossiers du contentieux. Je fis mine de n'avoir pas compris. Nous nous sommes quittés sur ces entrefaites sans avoir avancé d'un pouce.

Il me rappela quelques jours plus tard pour une nouvelle entrevue. Sa stratégie ce jour-là fut de se couvrir en mettant Youssef Sfanji en permanence en avant. J'avais compris qu'il était gêné d'être perçu comme celui qui avait donné tous les crédits à Younès du temps où il était directeur de l'agence principale. C'est pour cela du reste que les données remises à leur avocate avaient été faussées. Il cherchait à se protéger constamment. Son nouvel argument fétiche était que l'aide apportée à la SCR se justifiait par l'amitié de mon mari avec l'ex-DG de la banque. Lui ne faisait qu'exécuter les ordres de son patron.

— Nous avons agi sur instruction de Youssef Sfanji dans la précipitation. La banque voulait rendre service à un client « historique » (sic).

— Il n'est pas là pour se défendre.

— Nous le voyons constamment, vous savez.

Il sortit de sa manche une carte pour me désorienter.

— C'est lui qui a insisté pour l'octroi de tous les crédits à votre mari et nous sommes nombreux à savoir qu'ils faisaient du « business » ensemble.

— Je défie quiconque de prouver la moindre accointance douteuse entre mon défunt mari et M. Sfanji dont la probité est connue et reconnue. On ne peut être aussi affirmatifs pour certains cadres du staff et c'est de notoriété publique.

L'affirmation dans la deuxième phrase était un pur bluff de ma part consécutif à la pique malveillante et venimeuse dont il avait usé. Elle avait fusé et j'en fus effrayée après-coup, mais je fus surprise de voir que cela marchait. Il fit prudemment retraite et changea de tactique en passant à tout autre chose.

— L'aide qui était accordée à la SCR se justifiait amplement par l'état de ses marchés. Donc moi, Kamouni, en tant que chef d'agence à l'époque des faits, je n'avais rien à me reprocher.

— Les marchés de la SCR ? Mais ils étaient nantis auprès des banques CMC et BMP !

Je le vis mordre la poussière par cette ruade à laquelle il ne s'attendait pas. En fait, je venais de découvrir cela et je m'étais informée sur le sens du nantissement[16]. J'enfonçai mon clou avec plaisir.

---

[16] Nantissement : Contrat par lequel un débiteur permet pour garantir sa dette à son créancier d'être payé directement par des prélèvements sur les décomptes des marchés de la société.

— Si les marchés étaient nantis auprès de la BCG, pourquoi ne s'est-elle pas fait payer comme la BMP qui a récupéré toute seule ses cautions marchés et la totalité de sa créance. S'ils n'étaient pas nantis, le cumul des crédits dont vous parlez représenterait un surendettement aggravant de fait la situation de l'entreprise.

Il chercha à nouveau à me faire peur et botta en touche.

— Si l'affaire reprend en justice, cela risquera de durer des années, cinq à dix ans. Soyez assurée que nous ne céderons pas, quitte à lancer une nouvelle action. Je ne veux pas être l'avocat du diable, mais si la banque est condamnée, elle paiera. Par amitié, et pour vous éviter des années de procédure, je vous conseille d'accepter notre offre et de payer le montant proposé.

— Cinq à dix ans dites-vous ? Cela me va ! Si l'on obtient dans ce délai des dommages-intérêts, ce qui est paraît-il certain, nous obtiendrons évidemment plus qu'aujourd'hui et si l'on devait payer, le montant qui serait exigé de Younès ou des héritières dans dix ans serait le même que celui d'aujourd'hui. J'imagine que ni l'ami, ni le banquier ne me contrediront.

— Vous oubliez la créance de l'entreprise ! La SCR devra payer aussi, cria-t-il presque.

Je commençai à voir une veine enfler sur sa tempe et ses yeux s'injecter de sang.

— Je vais vous dire une chose. Je suis la seule à vouloir un accord. Ma fille, elle, serait ravie d'aller jusqu'à la Cour Suprême pour obtenir réparation du préjudice que nous subissons. En toute amitié, pensez à clore ce dossier avec moi. (J'avais un plaisir infini à reprendre leurs tournures et leurs conseils.)

— Vous n'allez pas me dire ce qu'on doit faire !

— Ha ! Ami ou banquier ?

Après un court silence, il me montra, de loin, le verso d'un document.

— Vous reconnaissez cette écriture et cette signature ?

Je ne répondis pas, attendant ce qui allait suivre. Les battements de mon cœur s'étaient accélérés. C'était la signature de Younès et son écriture.
*"Quel nouveau lapin va-t-il encore me sortir de son chapeau ?"*
— C'est un aval[17] signé par votre mari par lequel il s'était engagé personnellement. Je peux vous donner une copie (mais il ne le fit pas)...
Le montant qu'il avança était exorbitant et il me fit paniquer ! Je choisis de me taire tant que le flou était maintenu. Il reprit :
— On ne l'a pas encore engagé, mais on va enclencher une nouvelle action pour présenter cette preuve. Renseignez-vous et vous comprendrez mieux où se situe la voie de la raison pour vous.
Il refusa de me le donner, ne serait-ce que pour le lire. Il se dit disposé par contre à le montrer à notre avocat. J'étais troublée.
*"Pourquoi cette apparente contradiction ? Et pourquoi voulait-il voir mon avocat ?"*
Sur le moment, je ne comprenais rien. Je relevai simplement qu'il donnait deux montants pour le même aval et qu'il s'emmêlait les pinceaux quand il s'agissait de justifier cela. Tantôt, c'était l'addition des crédits et des cautions bancaires, tantôt, c'était une addition de trois chiffres qui ne correspondaient strictement à rien pour moi.
*"Quel crédit accorder à cet homme et à ce nouveau coup fumant ?*
*Et si c'était vrai ? C'était bien la signature et l'écriture de Younès !"*
Il me fallait avancer en douceur en évitant le moindre faux pas. Je finis par articuler une réponse.

---

[17] Aval : Garantie fournie par un acte séparé d'un contrat de crédit. Seul un vice de forme (défaut de signature par exemple) peut rendre nul cet engagement.

— Pourquoi M. Mafdouhi ne m'en a-t-il jamais parlé ? et pourquoi avez-vous attendu si longtemps pour présenter cette preuve si magique ?

— Par amitié pour le défunt (sic), sur demande de Youssef Sfanji et parce que la caution personnelle de votre mari que nous avions utilisée suffisait.

Sur ce dernier point, je faillis lui répondre *"Faut croire que non"*, mais je choisis de me taire.

— Vous avez un aval que vous refusez de me montrer. Encore faut-il qu'il soit valable sur le fond et la forme. Jusqu'à preuve du contraire, ce que j'ai trouvé jusqu'à maintenant me met à l'abri d'un retournement réel de situation. Pour avancer, je partage la poire en deux et vous propose un compromis. J'accepte de payer ce que vous demandez, à savoir les deux tiers de la créance, si vous arrivez à me convaincre. Sinon, je maintiendrai ma proposition de payer le tiers de ce que la banque réclame.

— Vous devez faire plus que ce montant et sans demander de justificatif.

— Désolée ! Comme le dit l'adage populaire ; « sois un lion et dévore-moi ». Prouvez-moi la véracité de la créance.

Il jouait tout le temps avec le soi-disant aval qu'il m'avait montré d'un air entendu. Je faisais semblant de ne pas voir, mais mon regard était aimanté par ce document.

— Je me suis renseignée, vous ne pouvez pas espérer un nouveau jugement.

— Pas sûr !

— Au vu de ce que j'ai entendu et lu, la BCG devrait réfléchir à vingt fois avant de se lancer…

— Ils connaissent leur métier ! me coupa-t-il, puis, se radoucissant, il ajouta :

— Je vous ai appelée pour rapprocher nos positions. Cela me ferait de la peine d'user de cet aval.

— Du fait de ce que j'ai trouvé, je maintiens le montant que j'ai déjà proposé.

— Mais pourquoi vous entêtez-vous à ce point ?
— Parce que je tiens compte des conclusions de la dernière expertise et pour… que mon « cœur soit rassuré », ajoutai-je, faisant référence à un verset connu où l'on voit Abraham affronter Dieu afin d'obtenir une preuve de son existence.
— Écoutez, la direction n'acceptera jamais votre proposition. Pour débloquer cette situation, je vais défendre un autre compromis vis-à-vis du comité des risques et tenter de faire passer l'idée qu'ils acceptent de vous voir payer la moitié de la créance au lieu des deux tiers.
— Mais à quoi correspond le montant exigé par la banque ? Il pose problème par certaines zones d'ombres et des irrégularités flagrantes.
— On est en train de chercher un accord. Ne faites donc plus allusion à la justice, sinon, on fait jouer la responsabilité des héritières.

Ces changements de ton et d'attitude me déroutaient et me confortaient en même temps dans une idée qui faisait son chemin, à savoir que la banque ne pouvait peut-être rien contre moi.

*"Comment expliquer le fait qu'ils n'aient pas fait jouer cet aval personnel de mon mari et qu'ils n'aient pas fait vendre mon terrain ? Avec la nomination d'un curateur, je ne m'en serais pas rendu compte. Je serais restée dans mon ignorance et je n'aurais jamais pensé à faire des démarches pour reprendre mon bien, tant on m'avait persuadée, dès les premiers jours suivant le décès de mon mari, que j'avais tout perdu."*

Je m'entêtais à ne pas me laisser dévier de ma ligne de défense.

— Vous savez que vous n'avez pas le droit de toucher aux héritières Benhamou. Vous pouvez seulement prendre sur les biens laissés par mon mari le montant que la justice a exigé de lui. Je répète que je veux être convaincue.

— Écoutez (continuai-je devant son silence), Dieu lui-même s'est mis des limites dans ce qu'Il attend de ses fidèles. « *Allah n'impose à personne que selon ce qu'Il lui a donné.* »
Le verset le laissa coi et un ange passa. Il regarda son comparse avant de répondre.
— La banque va analyser ses possibilités d'action. Si elle peut actionner l'aval, elle le fera. Si elle juge qu'elle peut faire un effort, elle acceptera votre offre, sinon, l'affaire suivra son cours.
— Très bon compromis, me suis-je contentée de répondre sans lui préciser le fond de ma pensée.
Sa phrase me parut positive pour nous. Les "si" clignotaient allégrement devant mes yeux, mais j'étais saturée et je voulais arrêter. J'ajoutai après un silence :
— Avez-vous lu le rapport d'expertise ?
Il a dit quelque chose de confus que je ne compris pas. Il revint à ses conseils :
— Consultez vos hommes de loi. Faites jouer vos juristes. Ils sont valables.
— Pourquoi parler au pluriel de mon avocat ?
— Nous sommes au courant de tout ce que vous faites.
— Contrairement à vous, je n'ai pas de juristes à mon service. Je suis toute seule.
— Avouez que je vous ai fait travailler le juridique.
— Je ne le regrette pas. Loin de là.
— Demandez quand même à vos hommes de loi.
— Non ! Ma décision, je la prendrai avec ma fille.
— Pour la dernière fois, je vous le répète : payez avant que de nouveaux documents apparaissent.
— Il me semble que vous oubliez un détail : vous savez de moi que je suis d'Oujda, mais vous ignorez que je suis rifaine aussi. "*Rrrifiya !*", ai-je insisté, et en tant que telle, je ne peux accepter un accord par trop léonin. Cette injustice et cette *hogra* que vous m'opposez, je leur trouverai une parade. Parole de femme ! Je propose qu'on laisse la

porte ouverte et qu'on se donne quelques jours de réflexion.

Il me promit de me rappeler dès que le comité des risques lui répondrait sur la base du compromis qu'il m'avait proposé.

Me Chahmi m'avait affirmé à propos de cet argument qui avait déjà été avancé à maintes reprises que la banque se cachait derrière la commission des risques et que c'était du bidon. J'esquivai donc moi aussi.

— Je vais voir de mon côté avec ma fille.

Tous les deux, nous avions le pouvoir décisionnel, mais nous jouions à ce jeu de nous couvrir derrière un avis à demander pour nous donner le temps de réfléchir aux propositions et à la stratégie à continuer ou à revoir.

— Nous sommes neuf dans le comité des risques et la décision doit être consensuelle.

— Je fais confiance à votre bon sens. Vous êtes un homme de pouvoir. Vous savez quand il faut trancher.

Il posa la tête sur le bureau et resta un long moment ainsi. Quand il se releva, il me dit :

— Vous êtes dure, dure, dure, dure !...

— Je défends les intérêts de ma fille et la mémoire de mon mari.

— On m'a dit que vous étiez dure et j'ai dit, « Ah ça, pour être dure, elle est dure ! »

Nous nous quittâmes sur cette ineptie à laquelle je préférai ne pas répondre. La femme est perçue comme dure là où un homme serait considéré comme fort. Il fallait se rendre à l'évidence : nous ne pourrons jamais arriver à accorder nos violons. À partir de ce jour, je ne communiquai plus que par téléphone avec lui et son adjoint.

Une grande déception m'attendait. La requête de notre avocat, Me Bassou, fut rejetée par le tribunal de commerce. Il n'obtint ni une nouvelle expertise, ni l'annulation de mon cautionnement, permettant ainsi à la banque de maintenir la saisie de mon terrain de Marrakech.

La dernière réunion m'avait épuisée et ce dernier arrêt du tribunal m'avait définitivement écœurée. Il y eut tellement de mauvaise foi qui suintait de chaque argument avancé par Me Meknassi que j'eus un coup de sang et refusai de répondre à la nouvelle offre de la BCG qui avait pourtant accepté de baisser ses prétentions.

Devant mon silence, Darif m'appela un jour pour me demander ma réponse à la dernière offre présentée par Kamouni, car ce dernier allait entrer en réunion avec le comité des risques.

— Vous acceptez ou pas la dernière offre de la banque ? Je vous assure que c'est une très bonne solution. C'est la moitié de la créance !

— M. Darif, vous accepteriez, vous, de payer des cent et des mille, si on vous les réclamait sans justificatif ?

— Entre nous, je vous plains. Je vous jure que je le dis à tout le monde. Ce n'est pas facile pour vous.

Ce nouveau ton m'inclina à lui parler comme je l'aurais fait avec mon frère.

— Vous savez, je reste malgré tout confiante.

Je lui rappelai deux versets : « Ils complotèrent, mais Allah est le meilleur en stratagèmes » et « La manœuvre perfide n'enveloppe nul autre que ses propres auteurs ». Je le priai de transmettre ces versets à Kamouni avant de continuer :

— Croyez bien que mon seul souci est de terminer au mieux et vite cette affaire, mais je ne peux me résoudre à payer sans être convaincue de la justesse de votre démarche.

Je n'eus jamais de réponse de la BCG. Un jour, je croisai Youssef Sfanji en ville. Dans la discussion qu'on a eue, il me rapporta ce que lui aurait dit Kamouni :

« Cette Mme Benhamou, elle ne veut pas se calmer. On va continuer. Le nouveau dossier est bouclé. On va poursuivre l'affaire en justice. »
Je compris qu'il était le porte-parole de la banque avec pour mission de m'impressionner pour me faire fléchir. Je me contentai de lui répondre qu'on ne lui disait pas la vérité. Je le chargeai moi aussi d'un message : l'argumentaire, les méthodes utilisées et les actions initiées contre moi allaient m'obliger à reconsidérer mes objectifs et ma stratégie. Je précisai que j'étais toutefois disposée à revenir vers la banque si elle décidait de revoir sa position.

« Décide vite pour te mettre à l'abri de tout document qui pourrait surgir », me serina-t-il à nouveau.

*"Décidément ! Il mériterait le surnom d'Idée Fixe !"*

## - 16 -

« Dans des temps de tromperie généralisée, le seul fait de dire la vérité est un acte révolutionnaire. » George Orwell

**Années 2007-2008**

J'éprouvai le besoin de raconter les détails de mon combat contre la BCG à Me Chahmi qui me conseillait toujours volontiers. Elle se mit en colère et me dit que mon avocat, avait l'obligation légale de m'accompagner ; ce que ce dernier refusa quand je lui exposai l'idée. Elle fut outrée de ce refus et me recommanda d'aller voir de sa part Me Zerhouni. Je me donnai un sas d'une semaine pour "décompresser" et oser faire cette démarche.

J'apportai à cet avocat un double de notre dossier qui s'était bien étoffé depuis le début et lui expliquai les péripéties de notre affaire en essayant de simplifier au maximum l'enchevêtrement des faits.

— La partie me paraît difficilement jouable, me dit-il, du fait que votre premier avocat, Me Tihami, n'a pas fait appel du jugement qui vous a été notifié il y a plus de deux ans. Il est donc devenu définitif et exécutoire.

— Maître, si mon dossier avait été simple, je ne serais pas venue chez vous.

Je me permis une boutade et rappelai une histoire qu'on raconte sur Jacques Chirac. Au début de son affaire des emplois fictifs de l'Hôtel de Ville, il avait choisi vingt avocats parmi les meilleurs du barreau de Paris ; non pas pour prouver qu'il était innocent, mais pour trouver les failles dans l'action de ses adversaires. Il répétait qu'en traquant les vices de procédure, un bon avocat finit toujours par en trouver.

Me Zerhouni tenta de retenir un sourire et me promit de faire de son mieux pour nous aider. Comme il était très pris et que notre dossier lui parut assez compliqué, il émit le souhait qu'on travaille en tandem. Il aurait besoin de ma maîtrise du dossier de la SCR et se réservait le traitement juridique des données que je lui soumettrais.

J'eus un curieux sentiment très mitigé pour cet homme qui me demandait de lui débroussailler le travail. C'était tellement nouveau et inattendu ! Je n'avais pas le choix et j'acceptai en apportant une précision : notre dossier était complexe et non compliqué. Il fallait simplement trouver les connexions entre des éléments disparates ou cachés ou encore camouflés.

Je repris les documents que j'avais en ma possession et passai plusieurs jours à tenter de trouver le fil qui me permettrait de dénouer l'écheveau des faits qui paraissait inextricable. Je lui présentai une fiche synthétique sous forme de questions que je complétai parfois par les réponses que j'avais.

— Pourquoi la BCG avait-elle présenté le défunt Younès sur tous les documents remis à la justice comme étant un homme vivant qui se dérobait à ses responsabilités alors même que son directeur général avait assisté à sa mise en terre et que plusieurs de ses cadres nous avaient présenté leurs condoléances ? Pourquoi avait-elle "omis" de donner au tribunal ce "détail" du décès poussant le vice jusqu'à demander et obtenir la contrainte par corps à l'encontre du gérant de la SCR et la nomination d'un curateur pour lui et pour sa société.

— Pourquoi n'a-t-elle pas fermé le compte courant de l'entreprise après avoir été prévenue par la famille du défunt aux premiers jours qui ont suivi le décès de celui-ci ?

— Le matériel de la SCR étant nanti auprès de la banque, pourquoi cette dernière n'a-t-elle pas participé à sa vente aux enchères ? La créance aurait été payée en totalité l'année qui a suivi le décès du gérant.

— Pourquoi la BCG n'a-t-elle pas fait exécuter le jugement qui permettait la vente globale en sa faveur du fonds de commerce ?

— Pourquoi n'a-t-elle pas fait appliquer le jugement en sa faveur en vendant les biens saisis six ans auparavant ?

— Pourquoi n'a-t-elle pas mis à exécution sa menace de vendre le terrain de Marrakech à la suite de l'échec de la première phase des négociations deux ans auparavant alors qu'elle avait donné une date butoir à son ultimatum ?

— Pourquoi l'avis pour le public à propos de la vente aux enchères du terrain de Marrakech portait-il un faux numéro de dossier et le nom d'une autre banque ?

— Pourquoi la BCG a-t-elle initié son action avec le contrat d'un crédit remboursé, induisant de ce fait le tribunal de commerce (et son avocate) en erreur ?

Sur ce point, l'avocate de la banque avait reconnu, expressément, le cas de vice de forme dans une de ses répliques[18] au tribunal.

— La BCG a-t-elle fait jouer son droit à l'assurance-crédit tel que c'est stipulé dans les contrats de crédit ?

— Pourquoi un curateur a-t-il été nommé alors que la banque connaissait mon adresse ?

— Pourquoi un curateur devait-il assister à ma place à la vente de mon terrain de Marrakech au moment même où un huissier était envoyé à mon domicile ?

Mon avocat fut silencieux pendant ma lecture de cette cascade de questions et il resta songeur après, puis un large sourire barra son visage.

---

[18] Réplique : *(Justice)* Réponse sur ce qui a été répondu ; réponse à la réponse faite par la partie adverse.

— On les tient ! L'appel est possible ! La notification à un homme décédé est illégale et donc nulle selon un arrêt de la Cour suprême.

Il se leva, tout heureux, et amena de sa bibliothèque un livre qu'il me remit ouvert à la page qui concernait ce point de droit. Il jubilait.

— Comment Me Meknassi a-t-elle pu accumuler autant de fautes dans un même dossier ?

— Je pense que la BCG a fait deux erreurs d'appréciation. D'une part, ils ont donné à leur avocate de faux éléments pour couvrir leurs négligences, la mettant de ce fait dans un carcan dont elle ne pourra plus se défaire. D'autre part, ils m'ont sous-estimée. Pour eux, je n'étais "qu'une" femme et simple littéraire de surcroît. Certains de leurs cadres nous connaissaient assez pour savoir que j'étais très loin des affaires de Younès et que je ne comprenais rien au monde de la finance. Ils ont pensé sérieusement qu'ils allaient pouvoir classer ce dossier très rapidement. Ils savaient que je n'avais pas réagi aux différentes saisies et que j'avais fini par accepter que j'avais tout perdu.

— Je vous promets que je ferai tout pour vous rendre vos biens et vous obtenir des dommages-intérêts...

Sa phrase resta en suspens de par son intonation. Je le regardai et compris ce qu'il hésitait à dire. Je commençais à connaître les rouages et les dessous des cartes.

— Si vous nous rendez ce service, je vous promets dix pour cent sur la valeur de chaque bien récupéré et... le quart des dommages-intérêts que vous obtiendrez pour nous. Je m'engage en mon nom et au nom de ma fille.

— Non ! Vous savez, c'est beaucoup ! Moi, je ne demande que vingt pour cent.

Je souris intérieurement d'avoir vu juste, mais restai impassible.

— Nous revenons de très loin et il serait normal que vous ayez votre part.

Il sourit de contentement et ne se fit pas prier. Il me parla ensuite de la nécessité d'avoir l'avis d'un nouvel expert. Il me donna le nom d'un certain Khalil et m'assura qu'il était excellent. Il l'appela et obtint qu'il me reçoive en urgence afin que je lui remette, dans un premier temps, une copie de notre dossier, puis il se mit d'accord avec lui pour une rencontre à trois, dans ses bureaux, une fois qu'il l'aurait étudié. *"Mon Dieu ! Le nombre de copies de mon dossier qui circulent à Casablanca !"*

La nullité de l'action de la banque initiée contre un homme décédé et celle du contrat non signé qui avait été à l'origine des saisies donna à Me Zerhouni l'idée de l'objectif à poursuivre devant la Cour d'appel de Casablanca. Il pensa demander une annulation du jugement en espérant trouver de nouveaux éléments probants ainsi qu'une nouvelle expertise du compte de la SCR. Il laissa la possibilité d'exiger des dommages-intérêts pour la suite.

Il entrevit tout de suite un petit rai de lumière dans le fait que l'avis de notification concernant les héritières Benhamou semblait avoir été signé par le secrétaire de l'huissier et non par l'huissier lui-même et ce, contrairement à un article de loi, m'expliqua-t-il, qui exige que ce soit ce dernier qui signe. Il présenta cette faute de procédure comme capitale, car elle permettrait l'annulation du jugement. Elle contrerait efficacement l'axe central de la défense de la banque, à savoir que notre appel a été initié en dehors du délai légal (deux ans après la notification qui nous a été faite du jugement !). Il me recommanda toutefois de ne pas pavoiser trop vite.

Pour répondre à son vœu de me voir l'aider dans la compréhension de mon dossier, je repris mes investigations dans l'espoir de trouver une explication au montant de l'aval dont la banque me menaçait régulièrement. Je fis une découverte qui s'avéra essentielle par la suite pour nous aider à voir plus clair.

En mettant à contribution plusieurs personnes, je réussis à trouver la trace d'un contrat de crédit dont Mafdouhi et Darif ne m'avaient jamais parlé. Il avait été déposé au tribunal de commerce lorsque la BCG avait initié une action contre la SCR afin d'obtenir la saisie de son fonds de commerce qui était donné comme garantie.

Je lus que c'était une ouverture de crédit hypothécaire[19] ou OCH. Je cherchai à comprendre le sens de ce produit financier offert par la banque et compris que c'était en fait une facilité de caisse octroyée par la BCG à l'entreprise de Younès cinq ans avant son décès. Cela lui permettait un débit sur son compte courant plafonné à une hauteur déterminée. J'appris ce jour-là qu'il y en avait déjà eu une autre quatre ans auparavant. Cette dernière date titilla ma curiosité. Elle correspondait à celle du premier contrat que j'avais ramené de Marrakech. Je revins vers ce dernier. Une grosse surprise m'attendait. Je découvris ainsi fortuitement que ce contrat avec lequel la banque avait initié la saisie de mon terrain et son blocage était une première "ouverture de crédit hypothécaire". Je venais de découvrir, un des plus gros mensonges de la banque, mais je ne le comprendrai que plus tard.

J'eus un moment de flottement, car je ne voyais pas le lien entre la première facilité de caisse et celle que je venais de découvrir. La première était garantie par le terrain de Marrakech, la seconde par le fonds de commerce de l'entreprise. Ne pouvant aller plus loin dans mes déductions, je déposai une copie de ce contrat chez l'expert Khalil et attendit dans une perplexité extrême le jour de la rencontre pour avoir une réponse à une question qui s'imposait. Ces deux facilités de caisse pouvaient-elles se cumuler ou bien la deuxième annulait-elle la première ?

---

[19] Ouverture de crédit hypothécaire ou OCH : <u>Découvert autorisé</u> ou <u>facilité de caisse</u>. L'entreprise bénéficiaire peut mettre son compte courant en situation débitrice en cas de besoin, dans la limite du plafond accordé.

La réunion avec cet expert fut décevante. Lorsque je l'avais vu la première fois dans son bureau, j'avais été charmée par cet homme brillant qui fit tout pour me rassurer. Il avait une telle maîtrise de son domaine et un tel réseau de relations que tout lui paraissait simple à régler. Pourtant, chez Me Zerhouni, je le vis sur la défensive et mal à l'aise. Je me rappelai alors qu'il m'avait dit être un intime de Kamouni. Il s'empêtra dans des explications peu convaincantes et ne nous donna aucune réponse satisfaisante à nos questions. Quand je lui citai l'article de loi qui parlait de la nullité d'un contrat non signé, il m'opposa un avis catégorique :

— La créance a bien eu lieu et le manque de signature ne peut être retenu comme cause de nullité. Votre mari a bien profité de son crédit, non ?

*"Pourquoi présente-t-il un découvert autorisé comme un crédit ?"* me suis-je demandé avec perplexité.

Sa phrase me renvoya à un mot que j'avais appris à détester dans la bouche de certains avocats qui m'imposaient silence avec un *"stafad"*, il a profité de l'argent de la banque ! Je compris que ce n'était plus le même homme que celui que j'avais vu.

— Cet article n'a pas été écrit par moi, ni pour moi, lui répondis-je calmement, mais pour des personnes comme moi qui ont besoin de se défendre dans l'adversité face à plus fort qu'elles. Me Zerhouni m'a, par ailleurs, confirmé qu'il n'avait été ni abrogé, ni modifié. Donc, il est toujours valable.

Il m'opposa un regard noir.

— Me permettez-vous de vous poser une question svp ?

— Oui, bien sûr !

— Je viens de découvrir que la BCG avait accordé à l'entreprise de mon défunt mari, par deux fois, des facilités de caisse avec une garantie différente. Peuvent-elles se cumuler et qu'en est-il des deux garanties ?

— Il faut évidemment additionner les deux montants, et la BCG garde le bénéfice des deux garanties ; le terrain de Marrakech et le fonds de commerce.

— Et pourquoi la banque n'en a-t-elle jamais parlé ?

Je fus persuadée qu'il n'était pas sincère et je me dis qu'il fallait piocher dans ce sens. Au lieu de me répondre, il se tourna vers mon avocat pour lui faire une étrange proposition.

— Pourquoi n'allez-vous pas voir la banque ? Je suis persuadé que vous vous entendrez, répondit-il en passant (apparemment) du coq à l'âne.

— Vous savez que je n'en ai pas le droit d'un point de vue déontologique, lui répondit Me Zerhouni.

Un lapsus me fit comprendre qu'il était en contact avec Kamouni, le directeur des risques à la BCG. Il avait en effet sorti un élément que seul ce dernier connaissait. Après son départ, mon avocat se tourna vers moi et me dit, surpris, qu'il ne nous avait rien appris en deux heures de discussion.

La réponse de la Cour d'appel prévue pour début juillet fut reportée à la demande de Me Meknassi à la mi-septembre. La banque trouva ce moyen de me gâcher systématiquement mes étés. Début juillet, elle obtenait un report d'audience pour complément d'information, ce qui se révélait fallacieux à chaque rentrée. Cela me désespérait et me faisait redoubler d'efforts et de recherches pour parer à toute éventualité.

- 17 -

« Les mots justes trouvés au bon moment sont de l'action. »
Hannah Arendt

Je montai seule au Nord pour les vacances d'été, mais ne pus en profiter, hantée par l'idée que de nouveaux éléments pouvaient être utilisés contre nous. Il fallait absolument avancer dans la compréhension du dossier avant la rentrée judiciaire. Ma seule arme était la lecture en boucle des documents dont je disposais et des notes que j'avais prises. J'y revenais sans cesse, pesant le moindre mot, le moindre détail. Je relus ainsi un nombre indéterminé de fois les contrats des crédits et ce lent travail de fourmi fit apparaître, tout doucement, certaines vérités.

Kamouni avait reconnu clairement au cours de notre négociation que la garantie de Marrakech n'avait « plus lieu d'être ». Je revins vers mes notes. Deux phrases retinrent mon attention. « La saisie de Marrakech est injustifiée. J'en ai tenu compte quand j'ai discuté avec le directeur général », et « on aurait dû signer un avenant[20] pour maintenir les garanties qu'on avait déjà. » Était-ce une reconnaissance tacite que mon terrain était libre et que j'avais la possibilité légale de le récupérer ?

La première fois que j'avais entendu cela dans son bureau, j'avais cru qu'il parlait de la seule garantie de mon terrain et il n'avait pas rectifié. Je découvris au cours de

---

[20] Avenant : Acte juridique par lequel on modifie un contrat en cours.

cet été-là, grâce au dernier contrat que j'avais trouvé, que les garanties étaient multiples : Marrakech, le fonds de commerce et le matériel.

Il me fut très difficile de comprendre le contenu extrêmement technique de ce contrat. Plusieurs lectures fastidieuses arrivèrent finalement à me donner une nouvelle clé. J'avais découvert que la SCR avait bénéficié par deux fois d'une autorisation de dépassement importante à quatre ans d'intervalle en donnant une garantie différente à chaque fois. La deuxième fois, elle exigea la garantie du fonds de commerce, mais ne pensa pas à faire signer un "avenant" pour maintenir ses droits sur mon terrain. Je comprenais enfin ce mot employé par Kamouni lors de notre négociation ! De ce fait, les deux facilités de caisse ne pouvaient se cumuler. La seconde annulait la première. La garantie du solde débiteur de la SCR était donc... le fonds de commerce de l'entreprise et non mon terrain de Marrakech ! Eurêka !

Mon terrain était virtuellement libéré ! C'était trop beau pour être vrai ! J'exultai, au comble du bonheur : cette découverte émanait des documents de la banque que j'avais retrouvés à son insu et le déclic était venu aussi du décryptage des mots de ses propres cadres ! Il y a des moments où je regrette de ne pas savoir (ou oser) pousser les youyous joyeux de ma mère !

De retour à Casablanca, j'allai à la Fondation Al Saoud pour faire des recherches. Une vraie caverne d'Ali Baba d'une richesse exceptionnelle ! Je revins tous les jours pour avoir des réponses à mes questions. Je vis plus clair sur des sujets aussi divers que la clôture d'un compte suite au décès de son titulaire, les délais de l'appel, les vices de forme des saisies, l'assurance liée au crédit, le décompte des intérêts, le droit à des dommages-intérêts, la responsabilité civile et pénale des banques, etc. Je cherchais aussi bien dans les études que dans les codes de loi ou les arrêts de jurisprudence marocains et étrangers.

La découverte qui me combla le plus fut d'apprendre que le fait de n'avoir pas fait appel du jugement n'empêchait pas de faire valoir que les saisies étaient abusives. C'était, en soi, un « enrichissement aux dépens d'autrui » et donc un dol[21]. Même si l'on nous opposait un refus de l'appel, on avait donc la possibilité de libérer nos biens. Que la banque ne puisse faire main basse sur ces derniers pour vice de forme était une joie indicible. Je me plaçais ainsi dans des petites bulles d'espérance qui m'apportaient la légèreté dont j'avais besoin pour accepter la pesanteur du quotidien.

Un jour, passant devant le bureau de la SCR, je me demandai ce qu'était devenu le courrier de la société depuis près de sept ans. J'allai voir le gardien de l'immeuble qui me remit un courrier très abondant qui s'était accumulé au fil des ans. La lecture des lettres me prit du temps et je commençais à me décourager quand je tombai sur une lettre de la BCG. Je l'ouvris et restai pétrifiée à lire et relire son contenu. Un mois après le décès de Younès, un virement avait été effectué sur le compte courant de l'entreprise qui couvrait totalement la créance de cette dernière !

C'était fou, incroyable, insensé, mais c'était sans équivoque possible ! De l'argent était bien rentré dans les comptes de la SCR qui dispensait la banque de la moindre poursuite ! Je me mis à échafauder des perspectives possibles grâce à ce nouvel élément, puis me forçai à me calmer. Il s'agissait de ne pas me mettre dans la peau de Perrette et le pot au lait. Une euphorie exaltante m'envahit et j'attendis sereinement la réponse de Me Meknassi. Elle arriva enfin à la mi-septembre.

---

[21] Dol : Faute intentionnelle, manœuvre déloyale accomplie en connaissance de son illégalité.

## - 18 -

« Les mots sont une forme d'action,
capables d'influencer le changement. »

Ingrid Bengis

Me Zerhouni prit l'habitude de me remettre une copie des répliques qu'il recevait en me priant de lui faire part de mes remarques. Malgré l'opacité entretenue sciemment par la partie adverse, j'avais accumulé assez d'éléments pour mettre au jour ce qui avait été soigneusement masqué ou déformé.

J'accordai au début beaucoup d'importance aux arguments avancés sur le plan de la forme, car l'acceptation ou le rejet de l'appel qu'on avait déposé en dépendait. Un de mes soucis majeurs concernait l'assertion de la banque qu'elle était dans l'ignorance du décès de Younès. Il me fallait trouver une réponse convaincante sur ce point.

À l'argument de notre avocat que l'action initiée contre un homme décédé était illégale, Me Meknassi répondit, sur la foi d'un article de loi, que le décès ne pouvait retarder le jugement d'une affaire. C'était un jeu grave sur les mots, car la loi parle d'une action commencée du vivant d'une personne et stipulait que le décès ne pouvait l'arrêter. Or la banque s'était réveillée onze mois après la disparition de mon mari et le jugement était survenu après huit mois de traitement du dossier.

Pour prouver que la BCG était au courant du décès de Younès, je me présentai un jour à la banque, à l'heure de la pause repas, pour demander, aussi naturellement que possible, une attestation de la clôture du compte personnel de mon mari sur lequel j'avais une procuration de signature. Un employé de l'agence, ignorant de ce qui se tramait au douzième étage, me remit l'attestation que j'avais demandée et je sortis, le document à la main et les genoux flageolants. La date qui me fut donnée renvoyait à celle qu'on retrouvait dans les documents remis au tribunal, pour les saisies notamment. Une évidence s'imposait : pour clôturer le compte de Younès Benhamou, la banque avait eu le certificat de décès et l'acte adoulaire[22] de la succession sur lequel il y avait l'adresse exacte.

Un seul exemple pris au hasard des arguments qu'on nous opposait éclaire sur ce que fut la règle de cette joute. Faisant fi de tout bon sens, la défense de la banque affirma que l'expertise judiciaire était une preuve contre nous et non en notre faveur. Cette logique me laissa sans voix. C'était une contre-vérité éhontée. La première expertise judiciaire avait, en fait, prouvé que deux crédits sur trois étaient remboursés ; ce qui libérait le cautionnement pour Marrakech et donnait la possibilité d'annuler les jugements contre Younès. De plus, elle avait fait ressortir les blancs des relevés manquants ; le plus grave étant l'omission du virement après le décès qui avait complètement épongé la dette de la SCR.

Je fournis, par ailleurs, pour les diverses répliques de Me Meknassi, une réponse détaillée pour tous les arguments aussi nombreux que confus qu'elle présentait. Je les reprenais un par un pour les démolir systématiquement. Que ce soit sur la forme ou sur le fond, on avait les moyens de les contester, tous, efficacement. Il n'y avait pas une seule idée juste. Pas une seule !

---

[22] Acte adoulaire : acte établi par deux adouls (notaires) selon la loi marocaine.

Je fus frappée aussi de remarquer que parmi les "oublis" de ses répliques, il y avait la question concernant l'assurance qui resta sans réponse durant toute la durée de l'affaire.

Je reconnus toutefois à cette avocate un art consommé pour jouer avec les articles de loi et les données dont elle disposait. Elle fractionnait ainsi les montants des crédits pour camoufler que les chiffres qu'elle avait donnés au tribunal (en faisant confiance à la banque) étaient mensongers. Ce raffinement dans la dissimulation avait toutefois des limites et réservera de multiples surprises, toujours en notre faveur.

Me Zerhouni fit appel à un nouvel expert qui nous donna rapidement ses conclusions. Il s'avéra qu'il y avait, entre autres manquements, une faille grave dans le calcul des intérêts qui était contraire aux textes de loi. Il mit également en exergue que le virement reçu sur le compte de la SCR avait rendu celui-ci créditeur. La conclusion était indéniable : la SCR ne devait rien à la banque ! Les saisies des biens des époux Benhamou n'avaient donc pas lieu d'être.

Comme tout était fondé sur des chiffres faux, notre avocat utilisa avec doigté cette analyse ainsi que les tableaux que je lui avais remis pour montrer de façon claire la dualité entretenue par la BCG pour les montants de la créance et des intérêts. Il devint de plus en plus difficile pour leur avocate d'avoir une défense cohérente.

Cette marche à contre-courant dans les eaux houleuses de la fourberie et des coups fourrés constants était harassante pour moi ; d'autant que je subissais une pression latérale permanente de la part de ma fille. J'avais commencé, en effet, à avoir avec elle un problème de frictions graves et récurrentes.

Ghizlaine ne comprenait pas la logique de notre avocat et me reprochait de ne pas oser l'affronter. Elle me harcelait pour l'obliger à utiliser la carte maîtresse du virement sur le compte de la SCR.

« Mais enfin m'man ! Quand on a un pareil joker, est-ce qu'on le met dans un tiroir ? C'est complètement insensé ! »

Je pensais comme elle que l'attitude de Me Zerhouni était extrêmement troublante et totalement incompréhensible, mais je n'avais pas réussi à vaincre la résistance de ce dernier sur ce point. Je lui en parlais à chaque entrevue et même par mail ou au téléphone quand la tension que je vivais avec ma fille devenait trop forte. Il me répondait, sans me convaincre, qu'il voulait garder ce joker redoutablement efficace pour maîtriser la fin de la partie.

Ghizlaine me mit un jour au pied du mur. Si je ne pouvais vaincre la passivité de notre avocat, elle se chargerait d'aller le voir pour l'obliger à lui fournir une explication plus convaincante à propos du relevé bancaire qui faisait état du virement reçu sur le compte de la société de son père et qu'il refusait d'utiliser. Devant sa détermination et la connaissant enflammée, je finis par prendre une mesure extrême. J'allai le voir et comme il hésitait à donner suite à la requête de ma fille, je sortis mon ultime recours : je lui proposai de doubler ses honoraires vu la masse horaire que notre dossier lui avait pris. Il accepta sur-le-champ me laissant dans un état d'incrédulité et de perplexité terribles. Sa volte-face me sidéra.

Il soigna sa dernière réplique qui fut décisive. Me Meknassi cherchait à convaincre de la rigueur des comptes de la BCG et jouait à entretenir une confusion totale dans les chiffres qu'elle donnait au tribunal. La réponse de notre avocat fut simple. Si les comptes étaient si rigoureux aux yeux de la banque, pourquoi refusait-elle de jouer la transparence ? Il se décida à sortir notre joker et fit enfin jouer le relevé de la BCG qui établissait de manière certaine qu'un virement était tombé dans le compte de l'entreprise SCR après le décès de son gérant. Il posa alors la question qui tue : « Cela ne justifie-t-il pas que le tribunal accepte de nommer un expert judiciaire afin de déterminer la créance réelle de cette société ? » Me Meknassi jeta alors l'éponge et déclara qu'elle ne pouvait faire perdre plus de temps à l'honorable Cour.

À partir de là, ma vie fut ponctuée par les reports du jugement de l'affaire, six en tout, alors que le dossier avait fini par être très clair. L'argument souvent avancé était que les juges étaient débordés.

*"Si le tribunal de commerce de Casablanca, ville qui est le poumon financier du Maroc, donne le simple argument que les juges sont "surbookés", c'est à désespérer de tout !"*

J'appris que quand une banque est en difficulté, elle fait en sorte que le dossier soit « mis sous le coude » par quelqu'un qui arrive à faire traîner des mois sa présentation pour le jugement.

- 19 -

« Si vous ne risquez rien, vous risquez encore plus. »
Erica Jong

Août 2008

Dès le premier report d'audience, je décidai de jouer la carte de la BCG France. Je pris soin d'obtenir l'aval de mon avocat pour cette action. Il me dit que toute initiative qui pourrait faire pression sur la banque serait la bienvenue. Il me prévint toutefois de ne pas attacher trop d'espoir à cette action. La maison-mère ne désavouerait jamais sa filiale, mais elle exigerait des explications et cela mettrait la direction marocaine en position délicate. Une longue recherche sur le Net me permit de trouver la porte à laquelle je devais frapper et le nom du directeur à qui écrire. Il s'agissait de Frédéric P., directeur du service "Filiales Maghreb".

Je lui envoyai un mail pour lui soumettre notre cas. Je lui signalai que je demandais, en vain, à voir un responsable de la BCG Maroc au pouvoir décisionnel pour faire entendre ma vérité à propos d'une injustice manifeste contre laquelle je me débattais depuis des années.

Je lui présentai un condensé de l'action en justice en cours en faisant ressortir les manquements principaux qui avaient jalonné le traitement de cette affaire ainsi que l'historique retraçant l'alternance des actions judiciaires et transactionnelles. Je précisai que nous demandions l'annulation du jugement contre mon défunt mari pour fautes graves et une nouvelle expertise judiciaire pour déterminer le montant exact de la créance de la SCR, SARL, en précisant que nous cherchions simplement à obtenir les relevés bancaires complets de ladite société.

Je rappelai ensuite que la BCG bloquait par une saisie abusive un terrain m'appartenant, sis à Marrakech, que j'avais donné en hypothèque, comme garantie du compte courant de la SCR et précisai que cette saisie avait été faite par le biais d'un curateur alors que la banque connaissait mon adresse. Je laissai pour la fin l'information la plus percutante, à savoir le virement reçu après le décès de mon mari sur le compte courant de la société qui avait absorbé complètement la créance de celle-ci, libérant ainsi mon cautionnement et le terrain de Marrakech.

Je le priai de répondre par une action de probité et d'équité à la hauteur du professionnalisme et des valeurs que défend sa banque en tant que groupe financier international. Je lui assurai que les investigations qu'il diligenterait l'amèneraient sûrement à nous proposer une solution que nous attendions avec confiance.

Moins d'une heure plus tard, une réponse me parvint de ce responsable. C'était donc bien la bonne personne. Il accusait bonne réception de mon envoi et me prévenait qu'il avait transmis ma requête au directeur des Affaires juridiques de leur filiale BCG Maroc qui m'apporterait directement une réponse (ce que ce dernier ne fit jamais). En cinquante minutes, il avait reçu mon mail et m'avait répondu après avoir contacté la banque à Casablanca !

Dix jours plus tard, un responsable de service de la BCG France me téléphona. Il m'informa que Frédéric P. l'avait chargé de lui rendre compte du suivi de ma requête et qu'il serait l'intermédiaire entre ce dernier, le service juridique de la BCG Maroc et moi. Il me demanda de lui expliquer les grandes lignes de notre dossier.

Je lui exposai donc l'essentiel du litige en mettant l'accent sur ce qui prouvait les graves infractions qui engageaient la responsabilité de la banque : une action en justice contre un homme décédé avec une demande de contrainte par corps à son encontre, des "omissions" diverses et des chiffres contradictoires donnés au tribunal et aux héritières que la banque refuse de justifier malgré plusieurs requêtes ainsi que des saisies abusives des biens de la famille Benhamou. Même si j'avais voulu être attentive à ne pas trop noircir la banque, je ne pouvais camoufler ou atténuer la mauvaise foi flagrante de celle-ci au travers des contre-vérités et des astuces dont elle avait usé auprès du tribunal et avec nous.

Je lui exposai la faille originelle qui allait justifier la cascade des manquements de la banque. Le juge, avant de rendre son premier jugement, avait relevé qu'il n'y avait dans le dossier que le solde du dernier crédit octroyé à la SCR. Il demanda alors le contrat manquant. La banque sachant que celui-ci était nul, du fait qu'il n'était pas signé, donna alors le contrat de l'avant-dernier crédit entièrement remboursé.

Ce fut la clé de voûte de l'échafaudage tendancieux et illégal élaboré par la BCG, mais qui allait se retourner contre elle dans un véritable jeu de l'arroseur arrosé. Le tribunal condamna en effet Younès à payer à hauteur du cautionnement stipulé sur le contrat qui lui avait été remis qui était bien moins important que celui du dernier crédit. Le corollaire de cela, c'est qu'on ne pouvait me réclamer, en tant que « caution accessoire et subsidiaire », plus que le gérant de l'entreprise. La loi est sans équivoque sur ce point. « Le cautionnement ne peut excéder ce qui est dû par le débiteur. » La banque était donc perdante sur les deux tableaux.

Je conclus que j'étais prête à me déplacer à Paris, dans la semaine, avec tous les documents et je l'ai assuré que je pouvais prouver tout ce que j'avais dit dans mon mail et au cours de notre discussion de ce jour-là. Il me promit qu'il allait rendre compte de notre entretien à Frédéric P. et qu'on trouverait une solution. Je le remerciai très vivement et m'engageai, en mon nom et au nom de ma fille, à respecter leur décision.

Il n'y eut plus de suite et je ne sus jamais ce qui s'était dit ou fait. Il devenait évident que de mauvais esprits bloquaient mon dossier, car ils étaient impliqués dans les erreurs commises. Je décidai de ne pas attacher d'importance à ce silence. Ils devaient me haïr d'avoir exposé leur ruche.

- 20 -

« La vie se rétracte ou se dilate à proportion de notre courage. » Anaïs Nin

**Mars 2008**

Au bout de quelques semaines, le silence de la maison mère de France et de la banque de Casablanca me devint insupportable. Je décidai d'aller voir M. Frendi, le directeur général de la BCG avec l'espoir de dénouer plus vite cette situation en lui apportant les éléments de la vérité qui pouvaient lui être cachés. Je demandai à Youssef de m'aider à avoir un rendez-vous, mais il se débina en prétextant qu'il lui avait déjà parlé (ainsi qu'au DG français m'assura-t-il) et que je n'avais aucune chance d'être reçue. Si je tenais absolument à voir quelqu'un de la BCG, je n'avais qu'à retourner vers Kamouni. J'eus la confirmation définitive qu'il était un frein puissant dans cette affaire et qu'il formait, pour cela, un tandem redoutable avec ce dernier.

Je réussis à obtenir un rendez-vous juste après que la Cour d'appel de Casablanca rendit son arrêt. Le juge avait tranché pour la nomination d'un expert, Zmamri, avant dire droit. Je ne me posai pas de questions sur ce hasard, trop heureuse d'être arrivée à entrer dans ce sanctuaire des décisions financières.

J'allai au rendez-vous, le cœur battant la chamade, mais relativement confiante, car Omar Frendi avait la réputation d'être juste et équitable. Je me mis à espérer une solution possible à notre litige. En sortant de la voiture, je marquai

un temps d'arrêt avant de traverser pour aller vers la banque et levai les yeux. La masse de celle-ci était si impressionnante que je me sentis minuscule (une vraie lilliputienne) dans cette tourmente. Comment pouvais-je rêver gagner contre un monstre financier de cette envergure ?
J'étais dans le hall d'attente quand je vis arriver Youssef avec un couple d'amis. Il marqua son étonnement : « Tiens ! Tu es là ? » se contenta-t-il de dire. Il resta peu de temps chez le directeur général, puis partit en me saluant de loin.
D'emblée, le DG plaça l'entretien dans le cadre d'une transaction à l'amiable. Il me fit savoir qu'il était au courant du contenu de mes rencontres avec ses cadres et qu'il était content que je revienne vers eux. Il précisa qu'il voulait faire un effort, mais qu'en cas de blocage de notre part, la BCG se verrait dans l'obligation de passer à l'offensive. Pour lui, la créance de la SCR était réelle et ne pouvait prêter à discussion. Il offrit de la réduire aux deux tiers du montant dû. Il présenta cela comme étant une offre généreuse et non négociable.
*"La note est donnée ! Cela va être serré ! Kamouni avait exigé que j'accepte de payer la moitié de la créance !"* ai-je pensé. Il ne fallait surtout pas que je me mette en position de faiblesse.
Un détail me parut troublant. Il a voulu me convaincre, que le crédit garanti par mon terrain était un crédit général. Or, il était écrit en titre et dans le texte que c'était une "ouverture de crédit hypothécaire" ou OCH. Ma garantie couvrait donc le débit du compte courant. Il ne pouvait ignorer que celui-ci avait été comblé par le virement final. Je n'ai pas réagi pour ne pas le contrer d'entrée de jeu.
Le principal point d'achoppement dans notre discussion concernait le fait de considérer le dossier comme un diptyque qui ne pouvait être maintenu dans le seul volet financier. Il fut outré de voir que j'osais aborder le volet juridique devant lui. Il leva les yeux en répétant « c'est

insensé ! ». Il soutint qu'il était impossible de lier le recouvrement de la créance de la SCR avec les "erreurs" commises par la banque. Je répondis qu'il me semblait évident que la loi était faite pour défendre aussi bien le créancier que le débiteur.

Je mis en avant qu'on pouvait envisager d'aller jusqu'à la Cour suprême, mais que, pour se réconcilier avec la voix de la raison, il suffisait de penser à la fameuse phrase de Balzac sur l'intérêt d'une transaction : « Un mauvais arrangement vaut mieux qu'un bon procès ». Je lui fis comprendre, par ailleurs, que j'avais des éléments tangibles qui nous permettaient d'avoir, avec une quasi-certitude des dommages-intérêts, mais que, dans un souci de conciliation, j'acceptais d'abandonner ce droit contre l'obtention de la mainlevée[23] des saisies sur nos biens et d'un quitus libératoire définitif pour moi et ma fille.

Je proposai à nouveau l'offre que j'avais déjà faite à Mafdouhi et Kamouni, à savoir payer le tiers de la créance, en la présentant comme équitable. Il la rejeta catégoriquement. Il répéta avec force qu'il était hors de question pour lui d'accepter et il parla des intérêts qui continueraient d'augmenter encore (ce qui était une contre-vérité). Il se mit à parler comme si j'avais accepté de payer pour toute la créance de la SCR. Or là se situait notre divergence fondamentale. La BCG parlait de créance globale et moi, je scindais la société de son gérant.

Je lui rappelai ce qu'il savait : la SCR étant une SARL, les héritières n'étaient pas concernées par ses créances et la banque avait tout loisir de se retourner contre cette entreprise pour recouvrer ce qu'elle considérait comme étant son dû. (Je fis une longue respiration avant de continuer, consciente que deux mots allaient le faire réagir.) Toutefois, sur un plan "d'éthique pure", nous étions disposées à

---

[23] Mainlevée : Acte juridique par lequel la banque met fin à une saisie ou à une hypothèque.

nous engager à hauteur de la somme exigée du défunt Younès Benhamou (paix à son âme) par le tribunal de commerce.

Malgré notre désir réciproque de transiger, il devint clair que nos positions étaient trop aux antipodes l'une de l'autre pour qu'on puisse aboutir à un quelconque accord. Lui, par souci de ne pas perdre la face et moi par un désir violent de ne pas céder à l'injustice et à la *hogra* que je ressentais. Je ne pouvais accepter l'offre qui m'était proposée, car je me serais retrouvée au même point que lors des deux autres transactions, et ce, malgré les éléments nouveaux à notre disposition.

Il oublia sa courtoisie du début et ne put réprimer un mouvement d'humeur.

— Mais votre offre ne correspond même pas au montant du crédit que vous aviez cautionné !

— Monsieur, cette offre tient compte de la nouvelle donne.

Comme je n'avais pas envie de me lancer dans le détail de nos découvertes puisqu'il avait affirmé être au courant de ce dossier, je passai à autre chose.

— Malgré mon souci de transiger pour classer ce dossier, je me heurte à un problème de taille, à savoir que nous ne disposons pas de liquidités. Je vous fais donc la proposition suivante qui a l'avantage de nous éviter de vendre un bien en période de crise : céder à la banque un bien dont la valeur correspondrait au montant que j'ai proposé.

Cette idée n'eut pas son agrément et il continua cette discussion en quinconce.

— Mais enfin, comment pouvez-vous contester un crédit ?

Il agitait sous mes yeux le contrat, ce qui me permit de voir une anomalie dans le document qu'on lui avait remis. Il me donnait la possibilité d'user d'une botte imparable

— M. Frendi, avez-vous bien regardé jusqu'à la dernière page ce contrat sur lequel s'est fondée l'action de la BCG ?

Il retourna vivement le contrat et se rendit compte qu'on lui avait donné une copie tronquée de la dernière page qui comportait les signatures.

— Et alors ? C'est un simple oubli !

Il prit le téléphone pour appeler le directeur des risques et lui demander de venir avec le responsable juridique et d'amener avec lui le contrat de crédit dont il discutait avec moi. Celui-ci arriva peu de temps après avec un jeune cadre du service juridique. Que le chef de ce service esquive la rencontre était de bon augure. Kamouni remit à son patron le contrat, le visage fermé, la mâchoire serrée et un œil injecté de sang.

— Puis-je savoir pourquoi la dernière page manque chez moi ? lui demanda le directeur général

Devant le silence qui suivit, je dis doucement :

— Vous pouvez remarquer, M. Frendi, que le document n'est pas signé.

— Et alors ! explosa Kamouni. Cela n'empêche que le crédit a été accordé !

— Il y a un article de loi qui stipule qu'un contrat non signé est nul et n'a aucune existence légale.

Le DG se retourna vers le jeune juriste.

— C'est vrai, ça ?

— Euh, je ne sais pas monsieur, bafouilla le cadre, manifestement mal à l'aise.

Je récitai l'article de loi et donnai sa référence. De nouveau, le DG se tourna vers le juriste :

— C'est vrai ce que dit Madame ?

Ce à quoi le jeune homme répondit de la même manière que la première fois.

— Faites-moi une recherche et donnez-moi très vite une réponse à cette question. Si cet article existe, dites-moi aussi quelles retombées cela aurait sur ce dossier.

Il ajouta très rapidement à l'adresse de Kamouni une phrase dont je voulus avoir confirmation.
— M. Frendi, cet article existe. Indépendamment de ce que je dois payer, dois-je comprendre que si vous avez la preuve que la saisie sur mon terrain était nulle ou qu'elle n'avait pas lieu d'être, vous seriez prêt à la lever ?
Je voulais qu'il répète ce qu'il venait de dire. Il parut pris de court et ne se donna pas la peine de me répondre. Il se contenta de regarder de travers mon calepin. Il manifesta une colère qu'il ne put réprimer de me voir m'adresser à lui en prenant des notes.
— Mais arrêtez d'écrire ! C'est exaspérant à la fin !
Mon écriture se fit plus discrète. Il revint vers la transaction pour obtenir de moi que j'accepte le montant qu'il m'avait donné au début.
— M. Frendi, même si l'on décide de faire table rase de tout le "passif", deux points méritent d'être pris en compte. Il y a quatre ans, dans le cadre d'une première transaction à l'amiable qui n'a pas abouti, j'ai aidé à rapporter les trois quarts des mainlevées des cautions. La BCG était menacée d'avoir à payer le montant de ces cautions aux administrations auprès desquelles elle avait garanti la SCR. On m'a assuré que le dernier quart ne vous serait jamais réclamé. Par ailleurs, la BCG aurait recouvré sa créance si elle avait assisté à la vente du matériel de la SCR nanti auprès d'elle et évalué à une fortune par une expertise judiciaire. Elle avait été prévenue avant et après la vente.
— C'est vrai que le matériel était nanti chez nous ? Et si oui, pourquoi n'avons-nous pas assisté à la vente aux enchères ?
Le jeune juriste expliqua que la banque avait la liberté de choisir les mesures propres à assurer l'exécution de sa créance...
— ...mais il n'en demeure pas moins que la négligence, considérée comme "fautive", entraîne sa responsa-

bilité, ai-je rectifié, faisant référence à un article de loi connu.

La négligence était, en effet, une faute aux yeux de la loi. J'ai "adoré" une phrase relevée dans un article de loi : « La responsabilité de la banque peut être engagée, en raison des faits commis ou omis. » Le directeur des risques eut un regard haineux pour moi et perdit complètement contenance.

— Vous voulez quoi par cette attitude ? hurla-t-il. Vous oubliez tout ce que nous avons fait pour votre mari ?

— Calmez-vous, M. Kamouni ! Et prenez un autre ton en me parlant !

— Vous n'allez pas me dire en plus comment je dois parler !

— Je vous le répète, je ne vous permets pas de me parler sur ce ton !

Il sortit de ses gonds. Il éleva la voix, se leva en gesticulant, puis quitta le bureau à grandes enjambées, fou furieux et marmonnant dans sa colère des mots inaudibles. C'était tellement inconvenant et irrespectueux devant son patron que je me suis demandé si ce n'était pas une mise en scène pour fuir ses responsabilités.

L'atmosphère se retrouva électrisée. Le DG resta impassible, puis il demanda à nouveau au juriste présent la vérification de l'impact de l'absence de signature sur l'hypothèque. Il m'a promis de lever cette dernière si jamais il s'avérait que j'avais raison et il s'engagea à me contacter un mois plus tard quand il aurait la réponse juridique à propos de la validité de la saisie de mon terrain. Il me rapporta l'exemple d'une femme dans la même situation que moi qui était venue le voir et qu'il avait aidée à récupérer ses biens dont elle avait été spoliée. Avant de partir, je le priai d'accepter des documents que j'avais apportés pour qu'il ait une idée précise de ce dossier. Il accepta et je me pris à espérer recevoir une contre-proposition.

Je fus décontenancée de l'entendre ajouter qu'il valait mieux attendre les conclusions de l'expert nommé par la justice. Il avait certainement dû penser à une quelconque faiblesse qu'il aurait manifestée à moins que la remise des documents ne lui fît appréhender d'y trouver des éléments contre la banque. Je ne pus faire autrement que d'acquiescer à cette demande. Je compris que j'avais en face de moi le banquier et non l'homme dont on m'avait parlé.

## - 21 -

« Le faire est révélateur de l'être. »
Jean-Paul Sartre

**Janvier 2009**

Mon angoisse me reprit. Pour se venger, Kamouni allait sûrement réussir à faire basculer en leur faveur l'expertise nouvellement décidée. Il m'avait fallu des années d'une lutte sans merci pour obtenir un droit élémentaire : connaître les raisons qui bloquaient tous mes biens et savoir si Younès et moi devions quelque chose à la BCG. Mon avocat me conseilla d'aller voir l'expert judiciaire qui venait d'être nommé. Ce dernier me reçut seul dans son bureau, sans secrétaire et sans personnel. Ce détail m'intrigua et me déplut. Que ses bureaux soient vides, cela dénotait de moyens qui le laissaient à la merci de la tentation. Il me fit une présentation des données qui lui avaient été remises par la BCG et se lança dans le calcul de la créance en faisant état d'intérêts supérieurs au taux légal. Il corrigea ce détail suite à une question que je lui posai. Il reconnut que j'avais raison de lui faire remarquer cela et, sans se démonter, il continua ses additions pour arriver à un chiffre vertigineux.

Il se dit prêt à jouer le rôle d'intermédiaire dans mon intérêt (sic) pour une transaction et me proposa, au nom de la BCG, de payer la moitié du montant qu'il venait de calculer. Devant mon manque de réaction, il répéta plusieurs fois ce montant. Cette situation était tellement ubuesque que je m'en serais voulu de répondre à ce drôle d'hurluberlu qui, loin d'être un "monsieur bons offices", était tout simplement "La voix de son maître". Cette moitié qu'on me demandait d'accepter était plus élevée que toutes les propositions précédentes de la banque. Je voulais bien négocier avec des personnes qui me respecteraient quitte à lâcher du lest, mais je ne pouvais pas marchander avec des gens petits et malveillants.

Je lui sortis tous les arguments qui prouvaient la fausseté de ces chiffres. Peine perdue. Il m'écoutait à peine et il refusa la plupart des documents que j'ai voulu lui remettre alors que je voyais chez lui ceux de la banque. Je lui fis remarquer, entre autres, que le document qu'il avait utilisé au début de notre réunion montrait que la banque lui avait remis une liste des crédits de la SCR où le dernier n'était pas mentionné. À la place, elle avait donné un crédit fictif pour la même année, mais d'un montant différent.

La BCG avait réédité avec cet expert judiciaire la même faute déjà commise avec Me Meknassi en faussant les données de base du litige et en mentant sur toute la ligne.

Il m'opposa l'idée que le défunt était bel et bien caution personnelle et qu'il avait signé un contrat qui l'engageait. Je lui demandai de voir celui-ci. Il hésita un peu, puis me le montra. C'était l'avant-dernier contrat avec lequel la BCG avait initié son action de recouvrement de la créance de la SCR, mais elle avait, bien entendu, omis de lui dire qu'il était entièrement remboursé et qu'on avait prouvé cela par une première expertise judiciaire. Je lui montrai alors le dernier contrat qu'on aurait dû lui remettre.

La date correspondait à celle qu'il avait sur la liste de la banque, mais le montant était différend. Plus grave encore, je lui fis remarquer la nullité de ce document du fait qu'il n'était pas signé. Il resta interdit, eut un tic nerveux de la bouche et je le sentis perdre contenance, car il n'avait aucun moyen possible de réfuter les évidences que je lui mettais sous le nez. Je les lui montrai en les rapprochant de son visage afin qu'il se rende compte de leur véracité et, une fois qu'il avait bien regardé, je les classai. Il ne trouva pas autre chose à dire que de me demander de revenir le voir le lendemain. Je compris que je tenais là un atout majeur. Ce contrat, à lui seul, suffisait à mettre à mal la banque. Je n'avais, du reste, pas eu besoin d'évoquer le virement qui avait renfloué les caisses de la SCR.

Le lendemain, cet expert judiciaire me dit que la BCG avait changé sa déclaration et affirmé qu'en fait c'était une « erreur » du... tribunal ! C'était proprement infâme ! Il était évident qu'en me donnant cet argument, il montrait de quel côté il était. Je lui expliquai que cette « erreur » avait été commise à onze reprises par la banque, ce qui représentait une véritable dilatation sémantique de ce mot.

En découvrant ces agissements vils, indignes et frauduleux de la banque ainsi que le sentiment d'impunité dont se prévalaient ces vampires de la finance, je me devais de jouer une carte maîtresse que j'aurais souhaité ne pas utiliser. Je décidai d'obtenir l'aide d'un ami de Younès qui était au cœur du premier cercle au Maroc. On dit bien chez nous « chacun a un maître pour le protéger ». Cette idée avait lentement mûri dans mon esprit, mais je ne pouvais aller le voir sans avoir toutes les chances de mon côté. Il ne s'agissait pas de demander un service, mais de faire lever une injustice notoire par un homme réputé être un Juste qui luttait contre les méfaits de la corruption et de la concussion dans notre pays.

Il me fallait d'abord trouver des preuves irréfutables et constituer un dossier en béton dont on ne pourrait contester aucun détail. Cela relevait du miracle de trouver un expert qui accepterait de faire une analyse des données dans les quarante-cinq jours qui nous séparaient de l'audience à venir, car nous étions en mars ; un mois où tous les experts-comptables sont pris par les bilans dont ils ont la charge. Mon banquier, au courant de mes déboires, me conseilla Azzeddine B, un excellent professeur universitaire et bête noire des banquiers. Je décidai de demander, en contrepoint à l'expertise judiciaire en cours, une contre-expertise à ce spécialiste en consultations financières et bancaires. Il devenait vital que j'aie avec moi quelqu'un dont la compétence et la probité ne pouvaient être prises en défaut. J'appris, en téléphonant à son bureau, qu'il était absent, mais son assistante me promit qu'il me rappellerait à son retour.

L'expert judiciaire Zmamri organisa une rencontre à laquelle il me convia avec la BCG. J'y participai aux côtés de deux représentants de cette dernière et d'un avocat du cabinet qui défendait la banque. Je laissai mon avocat parler et me contentai d'observer la scène. J'eus rapidement la certitude qu'il y avait une certaine connivence entre lui et les autres personnes de la partie adverse. En sortant, ils prirent ensemble l'ascenseur et je descendis seule à pied. Quand je les ai rejoints, je fus très étonnée de voir mon avocat rire aux éclats avec eux. Il s'attarda ensuite avec moi devant ma voiture pour me recommander d'accepter les conditions de la banque. Quand je lui ai demandé de me préciser le montant qui lui paraissait correct d'après lui, il hésita et lâcha le montant que la BCG me demandait depuis le début (deux tiers de la créance globale) avec l'argument que ce serait la fin de ce cauchemar. Je fus ébranlée, mais j'arrivai à lui dire ma conviction que je ne pouvais donner plus que le montant que j'avais proposé (le tiers de la créance).

Le retour vers mon appartement fut occupé à dérouler une bobine que j'avais classée pour mon confort mental. Un doute que j'essayais d'occulter depuis plusieurs semaines m'envahit à nouveau. Il avait germé à la suite d'une information que me donnèrent deux experts en qui j'avais toute confiance, mais que je refusai de suivre sur ce sujet.

Ils savaient tous deux qu'en parallèle à mes efforts pour faire émerger la vérité sur les actions délétères de la BCG, je devais traiter un autre imbroglio juridico-financier relatif à la banque CMC qui me prenait beaucoup de temps de recherche et de réflexion et pour lequel je les avais sollicités. Sans se connaître, ils m'avaient présenté comme une certitude que Me Meknassi avait fini par trouver le moyen de phagocyter mon avocat. Comme il était connu pour son intégrité passée, elle avait utilisé avec lui une arme imparable : lui sous-traiter des dossiers importants de la CMC avec laquelle j'avais un litige et contre laquelle il devait nous défendre. Je lui avais, en effet, demandé de nous représenter afin de trouver des failles dans l'action initiée par cette banque contre nous, héritières Benhamou, et des "ficelles" juridiques pour nous mettre à l'abri de surprises éventuelles. Je ne comprenais pas la manière qu'il avait de traiter ce dossier, mais le laissais faire à sa guise.

Dans ma voiture, je fus incapable de tendre le bras pour démarrer. Je demandai à ma fille de prendre un taxi et de venir me chercher. Je ne pouvais conduire dans cet état. Tout ce que j'avais sciemment occulté prenait une acuité terrible.

Plusieurs faits auraient pu me faire douter de la bonne foi de mon avocat à mon égard. Le moment le plus fort en fut un jour où j'étais passée à son cabinet pour lui remettre les réponses à opposer à la dernière réplique de la défense de la BCG. Je devais juste déposer mon document et il ne m'attendait donc pas. J'étais avec son assistante quand il sortit de son bureau et demanda à celle-ci le dossier de Me Meknassi Khadija. En me voyant en face de lui, il fut saisi de surprise et il rentra dans son bureau après un rapide salut de loin. Au même moment, alors que j'étais encore interdite par sa réaction, son avocat sortit par une autre porte et posa la même question à l'assistante. Il eut la même attitude, laissa sa phrase en suspens, bafouilla une fin incompréhensible, mais ne manqua pas de me sourire et de venir me saluer. Je descendis presque à quatre pattes les quatre étages.

Découvrir une possible trahison de celui en qui j'avais placé toute ma confiance pour me défendre fut un coup si terrible que j'optai de m'installer dans une sorte de déni. Je ne suivis pas Ghizlaine qui me dit comprendre enfin le refus réitéré de notre avocat d'utiliser le relevé qui faisait état du virement parvenu sur le compte courant de la société de son père.

Une nuit, je fis un rêve étrange. Je vis Younès chez moi avec un dossier à la main. Je crus comprendre que c'était celui de la CMC. La joie de le voir me submergea et je courus vers lui, mais au moment où j'allais le toucher, il s'éleva et disparut, emportant avec lui le dossier. Je fus extrêmement troublée à mon réveil par ce rêve, mais il m'apporta la paix du cœur. Ma foi en une justice immanente fut un puissant antidote à ma désespérance. De guerre lasse, je décidai de souscrire à l'avis de certains proches de ne pas ouvrir un nouveau front. Je décidai de laisser le dossier de cette deuxième banque en sommeil et m'en remis au jugement de Dieu pour avoir la paix...

Je fus enfin contactée par l'expert Azzeddine B. à son retour de voyage. Il se montra chaleureux et sensible à ma détresse que je ne réussis pas à masquer. Il se prêta de bonne grâce à mes questions et m'éclaira sur plusieurs points. J'appris ainsi que le montant des cautions bancaires avait été doublé dans une volonté délibérée de la BCG d'induire le juge en erreur par un jeu de camouflage sur les différentes catégories de cautions octroyées par la banque. Je fus ivre de rage en pensant à mes souffrances dans la région d'Ouarzazate. Il releva également des éléments d'injustice patente qui lui firent dire que les saisies étaient abusives. Cela exigeait réparation, ne serait-ce que pour atteinte à la mémoire de Younès et à ma santé. La levée des saisies sur nos biens devenait donc à portée de nos mains !

Il décida par ailleurs de ne pas focaliser sur le virement parvenu sur le compte de la SCR, ne voulant pas courir le risque de voir la banque nous opposer un leurre financier. Cette dernière avait refusé de nous en donner la provenance. Cela pouvait être aussi bien une assurance-crédit que le décompte d'un marché terminé du vivant de Younès. Seule une action jusqu'à la Cour suprême aurait pu lever ce voile épais et vénéneux. Il opta de chercher plutôt du côté des intérêts, car il avait relevé des actions frauduleuses dans la manière de calculer ceux-ci. Il se donna une semaine pour me faire part de ses premières conclusions.

Je lui expliquai ma situation avec mon avocat et lui demandai le nom d'un autre, plus fiable. Il appela un ami à lui, Me Ghaddouri qui accepta sous réserve que je lui apporte un désistement en bonne et due forme. J'avais beau dire, j'étais accablée d'avoir à changer à nouveau de défenseur. On en était au cinquième !

Ce fut une véritable course contre la montre, car l'audience arrivait à pas de géant. Azzeddine B. disposait d'un logiciel puissant qui lui permit un gain de temps appréciable et il obtint de sa secrétaire qu'elle acceptât de travailler le week-end pour faire avancer la saisie du volumineux dossier des relevés bancaires sur dix ans qu'avait remis la BCG au premier expert judiciaire Faraj.

Pour lui laisser le temps de faire son travail, j'usai de ruses diverses pour convaincre l'expert judiciaire de reporter plusieurs fois le dernier rendez-vous qu'il exigeait d'avoir avec moi avant de rendre son rapport au tribunal. Il paraissait tellement déterminé à faire vite ! J'eus toutes les peines du monde à l'amener à accepter qu'on se voie début mai. Un voyage, une maladie ; j'allai même jusqu'à tuer un oncle, paix à son âme, mort six mois auparavant. Il fallait gagner du temps. Ma chance fut qu'il y eut un long week-end du 1$^{er}$ mai durant lequel il dut voyager.

L'attestation de Azzeddine B. fut prête dans les temps promis, ce qui était une vraie prouesse. Elle prouvait de manière éclatante que la banque ne respectait, entre autres, ni « les taux légaux et réglementaires de *Bank Al Maghrib*, ni les taux stipulés par les contrats, et ce, au niveau de tous les crédits examinés (les trois crédits que la BCG nous avait opposés et le découvert en caisse).

J'éprouvai un bonheur ineffable à l'écouter m'expliquer ses conclusions. La seule chose qui continua de flotter dans mon esprit quand il se tut, c'est que la banque était dans une mauvaise posture, car elle ne respectait pas les directives très strictes de la Banque du Maroc et qu'il y avait eu un trop-perçu d'intérêts important qu'il chiffra de manière précise. Il évalua même le montant de ce qu'elle devait nous payer ! Je fus persuadée que ce document ne manquerait pas de peser sur l'appréciation du dossier de notre litige avec la BCG.

Il demanda à me rencontrer pour qu'on peaufine ensemble notre stratégie avant de voir l'expert judiciaire. J'avais pris rendez-vous avec ce dernier sans lui dire que je ne viendrai pas seule. J'eus la surprise d'entendre notre avocat, Me Zerhouni, m'apprendre qu'il ne pouvait être présent à mes côtés lors de l'entrevue avec l'expert judiciaire, car il serait à Essaouira pour des raisons familiales. Je pouvais comprendre qu'il ait d'autres obligations, mais compte tenu de la nécessité de sa présence lors de cette dernière réunion décisive, il aurait pu au moins déléguer quelqu'un pour contrer les agissements de cet homme. Il avait choisi de me laisser seule à un moment crucial face à un homme qu'il savait violent et ouvertement acquis aux thèses de nos adversaires. Il ne chercha à aucun moment à réfléchir avec moi comment contrer ce nouvel adversaire masqué. Je ravalai difficilement ma colère quand je sus par la suite qu'il était à Casablanca ce jour-là.

Le jour J, je sonnai à la porte de l'expert Zmamri avec dix minutes de retard, car Azzeddine B. avait été pris dans un embouteillage en ville. Il vint nous ouvrir la porte. Il était seul, comme toujours. Quand il reconnut l'expert qui m'accompagnait, il se figea, la main sur la poignée de la porte, puis il explosa violemment pour me reprocher mon retard. Prenant prétexte de ce détail, il affirma qu'il ne pouvait plus nous recevoir du fait qu'il avait un rendez-vous à Aïn Sbaï, à l'autre bout de la ville. Nous sommes restés calmes et avons insisté pour rentrer un court moment. Il dut céder, car il nous vit refuser de bouger et il referma violemment la porte derrière nous.

À partir de ce moment-là, il eut un tic compulsif et irrépressible. Il ne pouvait contrôler ses épaules qui se mirent à monter et descendre à une allure frénétique. C'était désopilant, mais nous réussîmes à rester impassibles. Azzeddine B. prit la parole, déclina son identité, exposa la raison de sa présence et précisa qu'il était conscient qu'il engageait sa responsabilité pénale avec les conclusions de son attestation qui serait suivie d'un rapport détaillé. Zmamri devint hystérique et refusa de continuer, prenant toujours prétexte de sa réunion. Nous dûmes nous lever après lui. Je lui demandai un autre rendez-vous à sa convenance. Il me répondit qu'il me rappellerait. J'insistai, mais il resta intraitable sur ce point.

L'explosion de colère de cet expert, son tic "à la Sarkozy", sa violence, montraient, à l'évidence, que le coup qu'on lui avait porté (à lui et, par ricochet, à la banque) n'était pas anodin. C'était absolument jouissif !

Sur les conseils d'Azzeddine B., j'allai voir le nouvel avocat, qui avait accepté de prendre en charge notre dossier. Il me conseillait en attendant que j'obtienne le désistement de Me Zerhouni. Je devais voir avec lui la parade à cette attitude grotesque de l'expert judiciaire. Il me dicta une lettre pour ce dernier et me conseilla de la lui faire remettre par un huissier dont il me donna le nom, pour gagner du temps. L'expert judiciaire refusa de prendre l'attestation sous prétexte que cela n'avait rien à voir avec sa mission. À la suite de cette fin de non-recevoir, je n'eus jamais d'autre rendez-vous et il se permit de déposer au tribunal son rapport avec sa seule signature. Un mail de l'expert Azzeddine B. me mit du baume au cœur et me fit reprendre confiance. Il se disait convaincu que l'attitude de Zmamri nous permettrait d'obtenir à coup sûr la désignation d'un autre expert judiciaire. Grâce aux arguments percutants qu'il avait développés dans son attestation, nous avions désormais la possibilité de stopper toute la procédure en cours pour entamer une autre au pénal. Il m'apprit par ailleurs qu'une action au pénal arrêtait le civil et le commercial en l'état jusqu'au prononcé du jugement correspondant.

*"Quand je pense au nombre de fois où la banque m'avait menacée d'une nouvelle action en justice et aux quatre étés qu'elle m'avait pourris avec cette idée !"*

Il se dit enfin prêt à continuer à me conseiller à chaque fois que j'en éprouverais le besoin et me pria de positiver et de m'éloigner de cet état de « détresse et de désarroi » qu'il avait senti chez moi. Je fus intensément rassurée par sa sollicitude.

La palette des possibilités nouvelles qu'il me faisait entrevoir me confortait dans l'idée que tout le cheminement que je suivais depuis cinq ans dans le but de me défendre avait, en fait, une autre raison d'être : faire affleurer une vérité qui mettait à nu et à mal des donneurs de leçons et des requins machiavéliques sans foi ni loi. Cette détresse qu'il avait si bien sentie était compensée, en fait, par un ardent désir de rendre justice à la mémoire d'un homme exceptionnel, par une volonté farouche de rester debout en résistant face à mes adversaires et par le bonheur consécutif à certaines découvertes.

À chaque fois que les cadres de la banque étaient persuadés de m'avoir mise à terre avec leurs mensonges, ils me retrouvaient debout, un joker à la main grâce à mes recherches. La meilleure illustration en était cette dernière joute avec l'expertise commandée par le tribunal. L'expert judiciaire censé dire la vérité sur le compte de l'entreprise SCR étant acquis à leurs thèses, je lui opposai un maître ès expertise qui déterra ce que la BCG s'était évertuée à cacher pendant des années. Une vraie bénédiction qui intervint au bon moment.

Cinq jours après la rencontre avec l'expert judiciaire, le rapport fut fin prêt. Il faisait ressortir les réponses détaillées à toutes les interrogations du tribunal. Je fus immensément reconnaissante à l'expert Azzeddine B. pour la rapidité et la qualité de sa réponse et l'en remerciai chaleureusement. Je retins une phrase entre toutes : « Les fautes commises par la banque étaient très graves et difficilement décelables même par des experts-comptables aguerris »... Le résultat n'en était que plus beau ! Le caractère douteux, voire tendancieux du rapport de l'expert judiciaire Zmamri ne m'inquiétait plus.

Outre ce bonheur aux couleurs purement personnelles, j'éprouvais un bonheur ineffable, qui m'habite encore du reste, de savoir que notre affaire allait devenir un cas d'école et aider d'autres personnes à mieux se battre.

- 22 -

« Il est grand temps de rallumer les étoiles. »
Guillaume Apollinaire

**Année 2009**

Le temps s'égrena et la banque persistait dans son silence. Ses responsables me narguaient, sûrs de leur puissance qui leur conférait pouvoir et impunité. Il n'y a pas pire souffrance que celle générée par l'injustice alliée à l'impuissance. On me répétait, à l'envi, que « le Maroc est ainsi » et qu'il fallait accepter cet état de fait. Je ne pouvais me résoudre à cela et préférais me raccrocher à l'espoir né quelques années auparavant et au changement qu'on nous avait promis. De hautes directives laissaient espérer une justice plus respectueuse des textes de loi et de la dignité des citoyens.

Après avoir attendu vainement une réponse de la BCG à ma proposition pour une transaction définitive, je finis par sortir mon atout maître et par demander à voir l'ami de Younès qui officiait au cœur du pouvoir. Devant la puissance de feu de la banque, ses réseaux et sa capacité à faire durer aussi longtemps qu'elle le voulait un litige sans en être affectée ou inquiétée par quiconque, j'osai enfin faire jouer l'amitié qui avait lié Younès et H. M., son ami d'enfance qui était devenu un des hommes les plus puissants du Maroc.

Je lui envoyai une requête sous forme de « supplique à un Homme Juste ». Ce n'était ni de la complaisance, ni de la flagornerie, mais une conviction réelle. Je savais que l'homme puissant et influent que tout le monde courtisait ou craignait était doublé d'un Honnête homme. Un Juste qui savait ne pas fermer sa porte et qui avait un rare pouvoir d'écoute, d'empathie et de décision.

Je lui expliquai dans mon premier mail, mes efforts pour avancer à l'aveugle dans le dédale que m'imposaient les faits avec ses chicanes et ses chausse-trappes et comment, une fois la vérité dans les mains, j'avais compris que je ne pouvais la faire valoir. J'étais consciente que sa position pourrait l'empêcher de se pencher sur un dossier touchant à la finance et à la justice et que ma requête serait difficile eu égard à la fonction qu'il occupait, mais le rêve têtu et lancinant qui me faisait vivre me poussait à vouloir faire parvenir mon cri jusqu'à lui.

Je le priai, au nom d'un cher absent-présent, d'accepter de me recevoir afin que je puisse lui exposer les grandes lignes du litige qui nous opposait, ma fille et moi, à la BCG en tant qu'héritières du défunt Younès. J'accompagnai ma lettre d'un synopsis qui faisait ressortir les principales irrégularités ou négligences commises par cette dernière dans la gestion de cette affaire.

Il me reçut d'une manière chaleureuse et m'offrit une écoute de qualité précieuse. Je fus extrêmement touchée par l'empathie qu'il manifesta. Je maîtrisais à fond le moindre détail de mon dossier et je lui fis une présentation dense et sans fioriture. Il resta silencieux un long moment, puis je l'entendis, comme dans un rêve, dire que la solution était de prévenir le sommet de l'instance pyramidale qui était l'organisme de tutelle des banques. Il téléphona au patron, R. B. et lui proposa qu'ils se voient le lundi qui suivait. Il me demanda une lettre pour cet homme dans laquelle seraient exposés tous les faits marquants du litige sans oublier le rapport et l'attestation de l'expert Azzeddine B. J'avais prévu cette éventualité et je sortis ces documents pour les lui remettre (les lettres échangées avec la banque, le courrier trouvé dans la boîte aux lettres de la

SCR qui prouvait le paiement de la créance, les rapports des différents experts, les jugements et enfin les contrats de crédit).

H. M., ce grand seigneur comme je continue de l'appeler, était la seule personne qui avait le sésame pour desceller une porte hermétiquement close. Il partageait avec celui qu'il venait d'appeler un sens de l'équité et une probité à toute épreuve. Il me réclama une fiche qui exposerait la quintessence du litige et déterminerait ce qui était réclamé par la BCG et ce qui était dû par la SCR et le défunt Younès. Je la lui promis pour le jour même et émis le vœu d'être tenue au courant des décisions qui seraient prises.

Je sortis soulagée et heureuse. Mon attente allait être désormais plus sereine. J'exposai au début de la fiche que je lui envoyai par mail l'argument que la créance de Younès n'était pas annulée, mais qu'elle n'était plus exigible du fait des infractions de la banque qui engageaient sa responsabilité pénale et j'eus un plaisir extrême à conclure que la SCR ne devait rien. Je me fis plaisir en terminant par "CQFD".

Le surlendemain, j'eus l'insigne honneur et l'immense bonheur d'être appelée par R. B. Je n'oublierai jamais ce moment unique où je vis les portes du Ciel s'ouvrir pour moi. Il me parla de Younès, qu'il avait connu, d'une manière qui gomma tous les coups de griffes que j'avais dû subir des personnes qui avaient osé juger sa gestion. Je l'entendis sans surprise me conseiller, comme l'ami qui l'avait appelé du reste, de favoriser l'approche consensuelle d'un accord à l'amiable.

Il voulait m'informer qu'il venait de parler avec le président de la BCG et que ce dernier acceptait une transaction. Quand il me dit le montant, une fébrilité terrible s'empara de moi. La banque avait revu légèrement à la baisse le montant que son DG m'avait proposé. Je me fis violence et ne pus m'empêcher, avec la force du désespoir, de lui dire que, tout en lui étant profondément reconnaissante, je réitérais l'offre que j'avais faite à la banque de payer le montant exigé de Younès (le tiers de la créance), soulignant que ma proposition était très raisonnable au vu des manquements graves qui avaient jalonné cette affaire et des éléments irréfutables qui prouvaient cela.

Je me suis donné des claques tout le temps qu'a duré la communication. Je savais que je ne pouvais me permettre de refuser une demande à cet homme du fait de sa position, mais c'était plus fort que moi. Une force que je ne maîtrisais pas me poussait à aller jusqu'au bout de mon désir de justice et de mémoire. Il finit par me dire qu'il allait rappeler le président de la BCG et qu'il me ferait part de sa réponse. Je raccrochai dans un état d'hébétude totale en me traitant de tous les noms. *"Qu'est-ce qu'il m'a pris de parler à un homme aussi puissant comme je l'ai fait ? Pourquoi n'ai-je pas accepté son offre ? Elle ne se présentera plus jamais ! Il ne me rappellera jamais !"*

J'étais dans cette bulle destructrice quand le téléphone sonna. Il fut bref. La banque acceptait ma proposition et il me demanda d'appeler le directeur général pour finaliser avec lui l'accord. La raison avait enfin prévalu ! De ma vie, je n'ai été aussi sincèrement dithyrambique dans mes remerciements pour cet homme et pour l'acte de justice et de probité qu'il venait de rendre.

Une image s'imposa à moi ; celle de la salamandre[24]. Je pensai à la devise de François 1$^{er}$ qui avait choisi de mettre dans ses armoiries cet animal au milieu du feu et qui avait adopté cette devise : « J'y vis et je l'éteins. »

---

[24] La salamandre : Animal ressemblant au lézard. Il était supposé par les Anciens capable de vivre dans le feu sans y être consumé. À l'inverse, on lui attribuait aussi le pouvoir d'éteindre le feu. Dans l'iconographie médiévale, elle représente le Juste qui ne perd point la paix de son âme et la confiance en Dieu au milieu des tribulations.

J'eus de la peine à croire que j'étais arrivée au bout de ce long chemin de croix, bien épineux et bien raide, qui avait été le mien pendant huit ans. Huit années d'angoisse, dont cinq ans de guerre ouverte. Nous aurions pu obtenir plus en allant plus loin, jusqu'à la Cour suprême, mais pour moi, la nouvelle valeur cardinale était le temps. Je réalisais de plus en plus que le temps libéré des contingences était le bien le plus précieux et qu'il en allait de même pour le capital santé à préserver et la qualité de vie à rechercher coûte que coûte.

Je téléphonai au directeur général qui me parla d'une voix glaciale. L'échange entre nous dura juste le temps qu'il prit pour me confirmer l'accord et me dire de passer voir le directeur des risques pour un échange : notre chèque contre les mainlevées. Je trouvai cette phrase beaucoup trop vague à mon gré. Je n'osai pas lui dire que je ne pouvais accepter une fin aussi facile pour eux et aussi risquée pour moi. La suite me prouvera que mon intuition ne m'avait pas trompée.

Ma fille me mit en garde. Je ne devais surtout pas continuer seule face à la banque dans cette phase aussi cruciale. Le mieux, me dit-elle, serait que je prenne l'excellent notaire que l'expert Azzeddine B. nous avait déjà recommandé. J'eus le plaisir de voir cet homme de talent et de renom accepter de me représenter auprès de la BCG.

J'allai ensuite à la rencontre de Kamouni que je tenais à ménager avant de me libérer. J'avais peur de le trouver remonté contre moi pensant qu'il ne me pardonnerait pas d'avoir mis en exergue la masse "d'erreurs" commises par la banque, mais il se montra chaleureux et j'en fus heureuse. Pour le plaisir de l'entendre dans sa bouche et pour me rassurer aussi, je l'amenai à prononcer le montant de la transaction que j'avais défendu âprement et à me confirmer que l'accord concernait le litige avec l'entreprise SCR, le défunt Younès et moi-même. Pour la première fois, je détaillai avec lui les cautions bancaires que j'avais libérées. Je l'informai enfin que, pour des raisons de santé, je passais le relais au notaire Me Charifi pour qu'il nous représente et qu'il finalise l'application des modalités de l'accord. Je le sentis fortement agacé ou plutôt dépité. Il me répliqua alors que pour la banque, à l'avenir, notre interlocuteur serait le responsable du service du contentieux (son subordonné).

Il fallait faire très vite, car notre avocat devait répondre au rapport de l'expert judiciaire. Le notaire me rassura quand je le vis. Ce genre de dossier prenait, en principe une semaine. Il serait donc traité dans les délais avant le jugement. C'était un homme affable, apparemment d'une compétence et d'une efficacité extrêmes, mais je fus surtout heureuse de trouver un être "humain" après les requins que j'avais côtoyés.

Je me décidai à aller informer notre nouvel avocat de l'accord. Avant de m'écouter, il me lut la première réplique qu'il se préparait à déposer au tribunal. J'eus beaucoup de mal à me lancer pour lui annoncer que cette action tournait court du fait qu'un accord avait été trouvé. Je lui mis très vite dans les mains la lettre de remerciements que j'avais remise à l'homme du premier cercle qui nous avait aidées. Il fut obligé de ronger son frein à la vue du nom de H. M. et à la lecture de la lettre. Il avait sûrement relevé le ton amical avec lequel je m'adressais à cet homme. Il fut ulcéré de n'avoir pas été cité dans cette lettre. J'avais mentionné les noms des deux personnes de Rabat qui avaient réglé ce problème ainsi que ceux de l'expert Azzeddine B. sans qui, rien n'aurait été possible et le notaire Me Charifi qui allait finaliser l'accord.

« Et le nom du notaire, qui vous l'a donné ? Vous l'avez eu grâce à moi, non ? » me dit-il.

Cette réaction me parut puérile. Tout en lui étant reconnaissante pour ses précieux conseils, je ne voyais pas à quel titre il aurait eu droit à une citation vu qu'il n'avait rien fait concrètement pour nous aider à résoudre ce problème. Je m'empêchai, par prudence, de répondre. Je connaissais sa violence et savais qu'il était en train de maintenir difficilement ses griffes rentrées.

Ce qui devait durer une semaine dura plus d'un an. La banque qui espérait avoir en face d'elle une simple professeur de littérature ou un notaire facilement aux ordres montra qu'elle était ulcérée d'avoir comme interlocuteur une sommité notariale, un juriste de renommée confirmée qui se montra extrêmement pugnace et combatif avec eux. Ce qui bloqua pendant des mois le processus, c'est la demande de Me Charifi d'un désistement de la BCG de toutes les actions qu'elle avait menées contre Younès, la SCR et moi. Kamouni nous donna comme interlocuteur un jeune du service juridique sans aucune initiative, ni prérogative autre que celle d'être une caisse de résonnance. Il se retranchait toujours derrière ses supérieurs et nous laissait attendre après, sans réponse.

La banque nous mena en bateau de rencontre en rencontre, mais la gestion du dossier BCG m'avait appris la patience. Les lenteurs de l'aboutissement de cette affaire ne me posaient plus problème depuis que je savais que Me Charifi défendait nos intérêts et que j'avais vu comment il tenait tête à la banque. Je restais confiante dans son savoir-faire et sa ténacité. Un autre aurait cédé devant le rouleau compresseur de ces mastodontes.

Les représentants de la BCG firent tout pour l'écœurer et l'obliger à lâcher ce dossier, car ils ne voulaient pas entendre parler d'annulation des deux jugements contre la SCR et Younès Benhamou. Le cabinet d'avocats affirma même qu'ils n'avaient jamais fait cette opération. Le notaire trouva dans ses archives un dossier dans lequel il y avait un document identique à celui qu'il réclamait et émanant de ce même cabinet.

Ils continuèrent leur harcèlement de manière variée et continue, ce qui réussit à user ma santé. Cela faisait cinq ans que ma vie était empoisonnée par ce problème. Cinq ans ! En fait, cinq ans jour et nuit équivalaient à dix ans, si ce n'est plus.

## - 23 -

« Le bonheur est le résultat de l'action juste. »
André Comte-Sponville

**Année 2010**

Les manœuvres dilatoires de la BCG finirent par avoir raison de la patience du notaire qui nous défendait. Au cours d'une réunion à laquelle assistait un de ses clercs, il m'informa que je pouvais chercher quelqu'un d'autre pour terminer avec moi le traitement de ce dossier. Je ne pus juguler une véritable crise de désespoir. La voix mouillée, je réussis à lui dire :
— Je ne sais si vous réalisez le cadeau que vous faites à la banque en vous retirant. Ils ne demandent que cela depuis le début et vous le savez…
Il se leva pour m'amener une bouteille d'eau fraîche.
— Je suis consciente, continuai-je, de la surcharge de travail que cela vous a demandé depuis le début de cette affaire. Les honoraires de notre accord du premier jour étaient calculés pour un travail d'une semaine, m'aviez-vous dit. Vous pouvez doubler, vous pouvez tripler vos honoraires, mais je vous prie de ne pas nous abandonner. Il est très important que vous restiez avec nous face à la BCG jusqu'au bout.
Le clerc quitta la salle dès le début de ma crise de larmes. Je fus moi-même étonnée par la violence de ma réaction. C'était toute la tension de ces dernières années qui explosait devant l'arrogance et le machiavélisme de ces puissants pour qui tous les coups bas étaient permis.

Me Charifi revint sur sa décision. Il m'assura qu'il resterait à nos côtés et qu'il allait relancer la banque. Il quadrupla pratiquement les honoraires prévus initialement, mais cela ne modifia pas mon désir de le voir rester à nos côtés. J'expliquai à ma fille qui me reprocha avec vigueur ma proposition que je préférais, de très loin, quelqu'un qui me donnait une facture détaillée à une personne qui demandait dix pour cent sur chaque bien récupéré, ce qui avait été le cas de la plupart des avocats.

— Entre ceux qui te conseillent gratuitement et ceux qui veulent une part de tes biens, il doit y avoir un juste milieu m'man !

— Ghizlaine, comprends-moi. La rage des hauts responsables de la BCG de voir cet homme nous représenter me console de tout. Pense à ce qu'on aurait perdu si on avait pris un notaire qui n'aurait pas su résister à la pression de la banque.

Me Charifi me demanda un jour de l'accompagner à un rendez-vous avec Kamouni. Ce fut un moment d'un rare bonheur. Je me contentai d'écouter et exultai intérieurement de voir sa supériorité éclatante sur les trois représentants de la BCG présents, Kamouni, Darif et le directeur du contentieux. Il fit une démonstration magistrale de son (savoir)-faire. Quelques jours plus tard, j'eus la surprise de recevoir un appel téléphonique d'un homme du service du contentieux que je ne connaissais pas. Il était chargé de me transmettre un message de son chef de service. La banque exigeait le changement du notaire. Je fus révoltée par ce nouveau coup et je lui tins tête pendant quarante minutes. Il mit une pression terrible pour me faire fléchir et me donna le nom d'une notaire dont il me vanta les mérites.

— Mais pourquoi voulez-vous que je change une personne qui me donne entière satisfaction ? Il me rassure et nous protège, ma fille et moi...

— Personne ne vous protégera aussi bien que nous...

Je fus abasourdie par le culot de cette affirmation et maintins qu'aucune force ne me ferait abandonner le notaire qui nous conseillait sur ce dossier.

J'avais reçu cet appel alors que je me préparais à prendre la route pour monter au Nord. Je ne changeai pas mon programme et le regrettai amèrement plus tard. Malgré tous mes efforts, le film de la banque qui me « voulait du bien » défilait en boucle devant mes yeux. Je roulais à tombeau ouvert sans me soucier des plaques de limitation de vitesse à 120 km/h qui me rappelaient régulièrement que, rouler comme je le faisais un jour de départ en vacances était une pure folie. Des klaxons véhéments répondaient à mes doublements hasardeux. Peu après m'être engagée sur l'autoroute de Tanger, je perdis le contrôle de ma voiture et eus la plus grande frayeur de ma vie. Je fus incapable d'expliquer pourquoi j'avais foncé en direction de la glissière de sécurité. Au vu de l'état de la voiture, personne ne voulut croire que c'était moi qui conduisais. J'étais indemne physiquement, mais éclatée en mille morceaux à l'intérieur. J'avais failli laisser ma fille seule !

La coupe était pleine ! Dès que je me sentis un peu mieux après mon accident, j'écrivis au directeur général de la BCG. Mon but était de le mettre au courant des atermoiements de la banque (au cas où il ne serait pas informé), mais surtout, de tirer la sonnette d'alarme. En plus de la lettre, j'ai dit à son assistante que R. B. de Rabat m'avait demandé de le tenir au courant de l'issue de la transaction, mais que je n'avais pas encore osé lui dire que la BCG n'avait fait aucun cas de son intervention... Magie des mots ! Le lendemain matin, le cabinet de l'avocate contacta le notaire pour lui signifier que le processus était bien enclenché et qu'il aurait bientôt tous les documents qu'il avait demandés.

Un mois plus tard (en décembre 2009), nous avons enfin finalisé la transaction. Le notaire a remis notre chèque à la BCG contre les mainlevées de toutes les saisies sur nos biens et le désistement de la banque de toutes les actions judiciaires contre mon défunt mari, son entreprise et contre moi-même. Ce dernier point provoqua en moi une joie irrépressible que je savourai avec délectation. Je n'avais jamais imaginé la réalité de ce résultat. Même dans me rêves les plus fous, je n'avais jamais donné forme à cette éventualité.

Nos biens étaient libérés et la banque s'était désistée des deux actions initiées contre Younès et la SCR ! Il n'y avait plus de trace des deux jugements ! Je me suis gargarisée avec ces mots les roulant dans ma bouche, les sentant sur ma langue, mon palais. Mes yeux prenaient le relais pour me faire voir des images de Younès heureux, souriant, libéré. Libre et libéré !

*"Mon Dieu ! Quel bonheur d'arriver à l'extrême bout de ses rêves, dans la partie qu'on ne voyait même pas tellement on était engagé à avancer vaille que vaille contre vents et marées ! Quel plaisir d'oublier les chicanes et l'ombre brumeuse et de retrouver le soleil et la liberté !"*

J'informai notre avocat de la signature de l'accord et du fait que le notaire s'activait pour nettoyer les titres fonciers grâce aux mainlevées qu'il avait obtenues de la banque avant l'audience qui arrivait. Il eut une attitude indigne en exigeant immédiatement dix pour cent du montant de la transaction avec la BCG oubliant que l'accord obtenu était le fruit de mes seules tractations au plus haut niveau à Rabat et avec le directeur général de la BCG, avec un travail intense en amont. Je refusai de céder en me battant pied à pied avec lui pour lui prouver qu'il n'avait rien fait qui puisse justifier cette demande. Il se vengea en faisant reporter trois fois le jugement sous couvert que la transaction était en cours de concrétisation alors qu'il avait été doublement informé de sa conclusion, avec accusé-réception, par moi et par le notaire.

Ce dernier me fit parvenir les attestations prouvant la libération de nos biens et ma fille me conseilla de me focaliser sur ces bonnes nouvelles en oubliant l'attitude odieuse de l'avocat sachant qu'il n'allait pas continuer indéfiniment.

« Oublie cet énergumène m'man ! Laisse-le reporter indéfiniment (*ad vitam aeternam*) le règlement de ce dossier. C'est lui qui perd son temps et qui se ridiculise. »

Le jour du jugement (en mars 2010), il ne se manifesta pas alors qu'il savait que j'attendais la réponse. Je me répétai l'adage populaire égyptien : « une nouvelle qu'on paye aujourd'hui, demain, on l'aura gratuitement ». J'ai fini par prendre à mon compte cette bonne sagesse populaire qui nous impose la patience et nous donne la sérénité. Mais ma "zénitude" ne tint pas longtemps. Une semaine plus tard, je me rendis au tribunal pour être fixée.

Comme il y avait grève, on me demanda de faire une recherche sur internet à l'entrée du tribunal. Je n'y arrivai pas et priai un cadre non gréviste de m'aider. Il me fit un tirage de la conclusion du jugement et me demanda de revenir plus tard pour une copie complète. Je lui demandai de m'en expliquer la teneur pour être sûre que j'avais bien compris ce que j'avais lu. Il eut la gentillesse de me traduire le contenu et de me féliciter. L'appel était accepté et l'accord entre les deux parties était validé de manière définitive.

Je sortis à pas lents, très lents. Je croisai le frère de Me Meknassi. Je compris qu'il m'avait reconnue lui aussi, mais je continuai mon chemin sans lui accorder un regard. Je n'avais rien à voir avec le monde qu'il représentait et qui était désormais derrière moi.

Je ne comprenais pas que l'exultation me fasse faux bond à ce moment tant attendu. J'étais certes heureuse du résultat obtenu, mais ce bonheur était fortement mitigé. Je marquai un temps d'arrêt pour regarder vers le Ciel, un sourire au cœur et les yeux emplis d'images fortes. Dans le silence de mon cœur, une voix s'éleva :

*"J'ai beaucoup parlé, souvent crié pour faire triompher la vérité et la justice.*
*Se battre pour la mémoire d'un être aimé, pour son enfant, soit ! mais... quid de la femme ?..."*
Ma victoire avait un goût de sel prononcé. La banque ne comprendra jamais qu'elle avait gagné aussi une belle part, la meilleure. Elle avait capté et volé mes dernières belles années, butin inestimable et irremplaçable... Ma seule richesse sera désormais le temps à apprivoiser en toute liberté.

J'émis le vœu que cet âpre combat que j'avais mené serve la cause des femmes. Ce serait jubilatoire de continuer dans cette voie de la dénonciation d'abus qui touchent cruellement femmes et enfants en intégrant (ou créant) une ronde pour un monde meilleur et le moment venu, passer le relais pour qu'une espérance prenne vie à partir d'un cri ou d'une banderole : « Plus jamais ça ! »

Je voulus traverser pour aller vers ma voiture que j'avais garée un peu loin et la dernière chose que j'entendis fut un crissement de pneus et des cris qui me parvinrent de très loin, puis disparurent, me laissant nimbée de lumière...

# Romans et nouvelles du Maghreb et du Moyen-Orient aux éditions L'Harmattan

**IL ÉTAIT UNE FOIS...MARRAKECH LA JUIVE**
**ou la Spendeur des jours nacrés d'automne**
**Roman**
*Zrihen-Dvir Thérèse*
La description générale de l'origine des Juifs en Afrique du Nord, et notamment au Maroc, mais surtout la méticuleuse reproduction de l'étonnante adaptation et organisation du juif dans la diaspora, constituent le coeur de cet ouvrage. Le train de vie journalier et les moeurs de cette communauté sous deux régimes - d'abord le protectorat français et subséquemment la monarchie déterminée par la réinstallation du roi Mohamed V - sont dépeints de façon impartiale dans leur incertitude individuelle sans toutefois les dénuer d'un certain charme qui enveloppait cette période dramatique. C'est aussi l'image pittoresque et naïve de certaines figures caractérisant le quartier juif, le tout sous le regard précis, poignant de l'auteur qui réussit à enchanter son lecteur...
*(34.50 euros, 392 p.)* ISBN : 978-2-296-96224-8

**RÉCOMPENSE (LA)**
*Al Nasrawi Sami*
Un civil a essayé de franchir la frontière au point Barmaya. Les gardes du village limitrophe l'ont abattu. La police n'a rien trouvé qui puisse l'identifier, excepté des feuillets manuscrits, presque illisibles. Ces écrits pourraient constituer une piste pour identifier la personne et éclairer les circonstances de son décès.
*(Coll. Lettres du monde arabe, 17.00 euros, 112 p.) ISBN : 978-2-296-99045-6*

**SUR LES SENTIERS DE LA VRAIE VIE – Roman**
*Brache Saphia*
Dans ce récit, la petite Izza se faufile à travers toutes sortes de péripéties de sa prime jeunesse. L'extraordinaire beauté des vallées échancrées, dans les montagnes du Haut-Atlas aux cimes enneigées, adoucit la dureté de la vie. L'humour des habitants agrémente les aventures, tantôt dramatiques, tantôt loufoques, mais toujours captivantes. La vie dans la montagne engendre aussi amour, joie et tristesse, que viennent parfumer les senteurs grisantes de la flore sauvage de la vallée. C'est cela que révèle *Sur les sentiers de la vraie vie*.
*(27.50 euros, 276 p.)* ISBN : 978-2-296-57007-8

**L'HARMATTAN, ITALIA**
Via Degli Artisti 15; 10124 Torino

**L'HARMATTAN HONGRIE**
Könyvesbolt ; Kossuth L. u. 14-16
1053 Budapest

**ESPACE L'HARMATTAN KINSHASA**
Faculté des Sciences sociales,
politiques et administratives
BP243, KIN XI
Université de Kinshasa

**L'HARMATTAN CONGO**
67, av. E. P. Lumumba
Bât. – Congo Pharmacie (Bib. Nat.)
BP2874 Brazzaville
harmattan.congo@yahoo.fr

**L'HARMATTAN GUINÉE**
Almamya Rue KA 028, en face du restaurant Le Cèdre
OKB agency BP 3470 Conakry
(00224) 60 20 85 08
harmattanguinee@yahoo.fr

**L'HARMATTAN CAMEROUN**
BP 11486
Face à la SNI, immeuble Don Bosco
Yaoundé
(00237) 99 76 61 66
harmattancam@yahoo.fr

**L'HARMATTAN CÔTE D'IVOIRE**
Résidence Karl / cité des arts
Abidjan-Cocody 03 BP 1588 Abidjan 03
(00225) 05 77 87 31
etien_nda@yahoo.fr

**L'HARMATTAN MAURITANIE**
Espace El Kettab du livre francophone
N° 472 avenue du Palais des Congrès
BP 316 Nouakchott
(00222) 63 25 980

**L'HARMATTAN SÉNÉGAL**
« Villa Rose », rue de Diourbel X G, Point E
BP 45034 Dakar FANN
(00221) 33 825 98 58 / 77 242 25 08
senharmattan@gmail.com

**L'HARMATTAN TOGO**
1771, Bd du 13 janvier
BP 414 Lomé
Tél : 00 228 2201792
gerry@taama.net

614798 - Juillet 2015
Achevé d'imprimer par